RUSH SMITH

El niño que se olvidó de dormir

Ilustraciones
Adolfo Serra

ALFAGUARA

El papel utilizado para la impresión de este libro ha sido fabricado a partir de madera procedente de bosques y plantaciones gestionadas con los más altos estándares ambientales, garantizando una explotación de los recursos sostenible con el medio ambiente y beneficiosa para las personas. Por este motivo, Greenpeace acredita que este libro cumple los requisitos ambientales y sociales necesarios para ser considerado un libro «amigo de los bosques». El proyecto «Libros amigos de los bosques» promueve la conservación y el uso sostenible de los bosques, en especial de los Bosques Primarios, los últimos bosques vírgenes del planeta.

Primera edición: abril de 2016

Printed in Spain – Impreso en España

ISBN: 978-84-204-8392-4
Depósito legal: B-3.256-2016

Impreso en Limpergraf (Barcelona)

AL 8 3 9 2 4

Penguin
Random House
Grupo Editorial

A mi padre, por sus buenas noches,
a mi hermano, por acompañarme y
a mi madre, por traernos de vuelta.

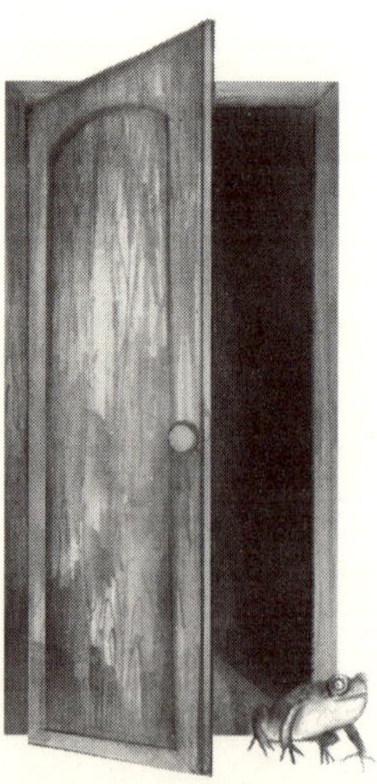

EL GRAN BANQUETE

Las maletas, llenas de barro, goteaban junto al mostrador de recepción del motel New Frog. La noche y la lluvia le sorprendieron durante el viaje, y decidió que era mejor dormir y proseguir la travesía en coche al día siguiente, una vez que la oscuridad y la tormenta se hubieran alejado de la carretera. Más por obligación que por otra cosa, se encontraba volviendo a casa para celebrar el cumpleaños de su madre.

Bridget provenía de una familia algo peculiar. Su padre trabajaba durante todo el día en una fábrica de cerveza, y el poco tiempo libre que le quedaba lo dedicaba a descuidarse junto a su mujer. No porque quisiera, sino porque no conocía otro modo de vida. Él era un hombre grueso y ella padecía de obesidad mórbida. Todos los fines de semana celebraban golosos banquetes llenos de comida basura. La mesa se llenaba de hamburguesas, frituras y montones de pasteles. Teniendo en cuenta lo mucho que comía su familia, era una suerte que Bridget no hubiera mimetizado sus costumbres y acabado igual. No sin esfuerzo, había conseguido mantenerse en forma y seguir una vida equilibrada.

En casa no le habían enseñado a comer bien, pero sí a ser una chica educada. Quizá por eso respondió con elegancia a la arrogante regente del motel.

—¡No nos quedan habitaciones! —dijo la señora Flint mientras dejaba la botella de licor sobre la mesa.

—¿Podría volver a comprobarlo, por favor? —respondió ella con educada urgencia.

La recepcionista levantó el dedo con la intención de amenazarla, pero, súbitamente, sus ojos se pusieron en blanco, su boca se abrió de par en par y, ¡bum!, se desplomó en el suelo, no sin antes intentar agarrar por el pelo a Bridget. Ella se asustó tanto que no supo hacer otra cosa que apartarse y dejarla caer. Permaneció quieta durante unos segundos, observando con incrédula preocupación el cuerpo inerte que yacía en el suelo. De repente, una puerta se abrió y por ella apareció un hombre gritando:

—¿Puedo saber a qué se debe este escándalo, *madame*? —Colgada de la solapa de su chaqueta, una pequeña placa metálica rezaba «Señor Flint».

—No lo sé... Estábamos hablando, y cuando me he querido dar cuenta... —respondió Bridget, todavía impactada por la escena que acababa de presenciar.

—Lamento que haya tenido que ser testigo de un incidente tan bochornoso —se disculpó el señor Flint, examinando a Bridget con descaro—. Ya es la cuarta vez que pasa en lo que va de mes. ¿Me haría el favor de sujetar los pies de mi esposa y ayudarme a colocarla sobre ese diván? Yo me encargaré de acomodarla en una de nuestras habitaciones.

A diferencia de su mujer, que, aun siendo una borracha, se preocupaba por vestir de manera elegante, el señor Flint era un hombre sucio. Su olor, su ropa, su mirada... Todo en él era sucio; todo, excepto sus palabras. Un hombre educado que debía de sufrir constantemente los abusos de una mujer déspota y llena de vicios.

A los pocos minutos, Bridget y su maleta estaban delante de la habitación 301. En el pasillo apenas se escuchaban ruidos: parecía poco verosímil que todas las habitaciones estuvieran alquiladas. El motel no se encontraba en una zona concurrida, casi se había topado con él por casualidad.

Cansada como estaba y con la ropa llena de barro, introdujo la llave en la ranura y abrió la cerradura. Empujó la puerta con el hombro y entró sin mirar mientras arrastraba su equipaje e intentaba no mancharse más de lo que ya estaba. Cuando la puerta se cerró detrás de ella, levantó la vista y dejó caer las maletas al suelo.

Frente a ella se repartían varios mesones llenos de sartenes, vajillas, platos de comida... Había decenas de cocineros uniformados de blanco corriendo azarosamente de un lado a otro y cocinando como si se tratara de una carrera contrarreloj. En el centro de la estancia se erigía una picadora de comida colosal.

—Mucho ha tardado usted en llegar, ¡con la falta que nos hace! ¡Corra, póngase el uniforme y prepárese! —la sorprendió un hombre bajito mientras le entregaba un delantal doblado con mimo.

—¿Perdone...? —fue a preguntar, pero el hombrecillo la interrumpió.

—No piense que es fácil ser *maître* en un restaurante como este. Aunque me imagino que ser la nueva *sous chef* tampoco... ¡Corra! —la apremió.

¿Habría sido el señor Flint tan torpe como para darle la llave de la cocina? Pero parecía imposible que una cocina tan grande pudiera encontrarse en el roñoso motel en el que acababa de reservar habitación. Se giró con intención de volver a la recepción y pedir explicaciones, pero se dio cuenta de que la puerta no se abría. Empujó con todas sus fuerzas hasta que sus delicadas manos empezaron a enrojecerse. El *maître* volvió a aparecer e interrumpió su inútil intento de escapar.

—No se entretenga. Madame Sirope está a punto de indicarnos cuál es el menú del día, y más le vale estar lista —le espetó mientras terminaba de repasar una lista interminable de invitados, tan larga que se desbordaba de sus manos y atravesaba el suelo de la cocina entera.

De repente, el ruido de un plato rompiendo contra el suelo puso a todo el mundo en alerta y el silencio inundó la cocina. Todos habían dejado sus quehaceres y dirigían su mirada hacia la pequeña escalera que conducía al segundo piso, donde había algunos restos de porcelana esparcidos por el suelo. Madame Sirope era conocida por todos por ser una mujer disciplinada, esclava de hábitos y costumbres. Odiaba la vaguería, el ocio y la pobreza. En cambio, era una apasionada del cine y una actriz fracasada que, lejos de reconocer su frustración, trataba de autoconvencerse de que la decisión de acabar entre fogones había sido vocacional. Se definía a sí misma como una artista incomprendida. Tenía muchas costumbres que a Bridget le habrían parecido extrañas, y había conseguido convencer de la conveniencia de todas ellas a quienes no eran lo suficientemente buenos para apreciar su genialidad. Concebía las cenas como si se trataran de películas en las que cada plato era un acto y en las que ella ejercía de directora. Y, al igual que la claqueta otorga obediencia a un director de cine, ella utilizaba la vajilla como elemento para imponer sus órdenes en la cocina. Todo el mundo reconocía el sonido de los platos al estrellarse contra el suelo y reaccionaba inmediatamente, haciendo cualquier cosa que les pidiera la chef sin cuestionarse.

—¡Silencio! Hoy es un día importante... Como ya sabéis, las hermanas Chomet han elegido nuestro establecimiento para celebrar su fiesta de despedida. Acaban de dar su último concierto antes de retirarse y esta cena servirá como fin de fiesta para todas las celebridades que han asistido. Necesitamos conquistar su corazón para salvar este maldito local de la mala reputación a la que vuestros mugrientos platos nos han condenado —gritó mientras bajaba la escalera y apartaba con el pie los restos de vajilla que quedaban por el suelo—. Para el plato de planteamiento, quiero nuestro mejor entrante. Id a la charca a buscar unos cuantos sapos, abridlos en canal y servidlos vivos sobre un lecho de sopa. Creo que el nuevo pedido de ropa sucia que nos acaba de traer la lavandería Clean Doff está todavía bastante húmedo. Del nudo se encargará nuestra nueva *sous chef.* ¿Dónde está, por cierto?

—Aquí la tenemos, Madame Sirope, lista para recibir sus instrucciones —contestó el ***maître,*** señalando a Bridget sin despegar la mirada de la lista de invitados.

Los ojos de Madame Sirope se dirigieron hacia ella, que estaba justo detrás del ***maître.*** Al verla llena de barro y con el pelo mugriento por la lluvia, no pudo más que esbozar una sonrisa.

—Al menos tiene más estilo que la anterior. El nudo, el detalle más importante, el que corona el plato, corre a tu cargo, chiquilla. Más te vale que sepas cocinar mejor que esta panda de monos sin criterio. Haz lo que te plazca, pero quiero que las hermanas Chomet lloren de emoción al saborearlo.

Sin saber cómo, Bridget se vio vestida con delantal y uniforme. ¿Qué estaba ocurriendo? Debía de ser un sueño: exacto, seguramente estaba tan cansada que ni siquiera recordaba haberse tumbado en la cama.

—¡A cocinar! —gritó la chef, rompiendo otro plato contra el suelo.

De repente, apareció un contenedor de basura enorme a través de una entrada situada en el lado opuesto al comedor. Era una abertura sin puertas de la que habían colgado unas tiras de plástico, a modo de cortina, que impedían ver qué había al otro lado. Los cocineros empezaron a recoger prendas de ropa del contenedor y a lanzarlas al interior de la trituradora, que en ese momento empezó a funcionar. Minutos después, y tras tener que aguantar el infernal ruido chirriante que hacía —ya que estaba tremendamente oxidada—, la máquina se detuvo y un líquido amarillento empezó a derramarse sobre los platos colocados a su alrededor.

Poco después, un gran tanque de agua entró por el mismo lugar. Los cocineros se agolparon alrededor de él y empezaron a pelearse entre ellos por conseguir los mejores sapos para sus platos.

—Lo difícil es abrir el sapo en canal sin que muera. Hay que hacer el corte con respeto y delicadeza para conseguir que la agonía sea progresiva y dejar la mejor parte para los comensales: su muerte —le dijo el *maître* al ver que era incapaz de despegar la mirada de aquel macabro espectáculo. Aquel era uno de los platos estrella del restaurante; el animal se servía agonizante y los comensales disfrutaban haciéndole las últimas incisiones antes de que muriera.

El pedido empezó a servirse y, a los pocos minutos, comenzó a escucharse un extraño ruido. Al principio, solo eran pequeños silbidos, pero poco a poco el sonido de los doscientos sapos agonizando inundó el comedor. En ese momento, Madame Sirope salió de su despacho, que quedaba en lo alto de las escaleras.

—¡Oh! ¡Qué bonita sinfonía! —dijo mientras suspiraba—. ¿Qué les ha parecido a los comensales? —preguntó, dirigiendo su mirada hacia el *maître*.

Este no tuvo tiempo de contestar, porque de repente la puerta de la cocina se abrió, dejando paso a una señora tan mayor que a duras penas podía sostenerla abierta.

—*¡Madame!* ¡Haga el favor de venir aquí ahora mismo! —susurró, aunque intentando gritar.

—Luna Chomet, ¡qué alegría que haya decidido pasarse por la cocina a saludar! Espero que la sopa haya satisfecho sus expectativas y las de sus hermanas —contestó Sirope, bajando las escaleras aceleradamente.

—¿Un sapo agonizante? ¿Pero quiere usted matarnos del asco? Yo no sé cómo Miranda logró convencerme de celebrar aquí el banquete. «Hay que experimentar. Deberíamos ofrecer algo original a nuestros invitados», me decía. Está loca, ¿sabe? Si viera la que nos ha montado en el concierto... Es usted igual que ella, de artista solo tiene las ganas. No es más que una maldita vieja frustrada, así que deje de hacer experimentos y prepárenos un segundo plato que podamos disfrutar, y, sea lo que sea, ¡sírvalo bien muerto y cocinado! —le contestó indignada la señora mientras volvía de nuevo al comedor.

—¡Este es nuestro fin! —exclamó desesperada Madame Sirope—. ¡Más le vale a nuestra nueva *sous chef* acertar con el segundo plato, porque, si no, olvidaos de vuestros trabajos y de este restaurante para siempre! —dijo cayendo desplomada al suelo.

Era la primera vez en años que sus cocineros la veían así, tan débil. La mala fama del restaurante debía de estar haciendo mella en su orgullo inquebrantable. Pero Madame Sirope no podía permitir que la vieran de esa facha si quería seguir manteniendo el respeto de los empleados de su cocina, así que reunió fuerzas, se levantó mientras se secaba las lágrimas y rompió otro plato contra el suelo. No tuvo que decir nada, todos supieron inmediatamente lo que significaba: las miradas se dirigieron hacia Bridget.

Como sus padres jamás se habían preocupado de que la familia tuviera una buena alimentación, Bridget no tenía ni idea de cocina más allá de alguna receta que su abuela le había enseñado a preparar de pequeña, pero creía que cualquier cosa que se le ocurriera sería mejor que aquello que ellos denominaban «sopa».

—¿Qué quiere que cocinemos? —preguntó el ***maître,*** observando de reojo cómo Sirope volvía a su despacho.

—¡Vamos a cocinar croquetas! —dijo, recordando el éxito que siempre despertaban las de su abuela en las comidas familiares.

Bridget estaba decidida a hacer un buen trabajo y a disfrutar de aquella locura. Total, si era un sueño, ¿qué podía salir mal?

Todo el mundo se puso a cocinar a sus órdenes y, poco después, los camareros empezaron a salir de la cocina con las bandejas cargadas de platos. Madame Sirope salió de su despacho y su mirada se unió a todas las demás, que se dirigían expectantes hacia la puerta del comedor esperando alguna señal que les indicara si el plato había gustado a los comensales.

La puerta volvió a abrirse de golpe y los gritos de Miranda Chomet, la hermana pequeña de la anciana señora que había irrumpido antes en la cocina, inundaron de golpe la estancia:

—Pago una millonada por comida creativa, y ¿qué me encuentro? ¿Unas mundanas croquetas? Madame Sirope, ¿qué será lo próximo, UNOS ORDINARIOS CANELONES?

—Le ruego que me disculpe, doña Miranda, hemos contratado personal nuevo y es posible que no esté a la altura de las expectativas... —le contestó Madame Sirope horrorizada.

—Ya hemos pagado, así que espero que se haga mejor trabajo con el postre —gritó la señora Chomet, cerrando la puerta tan fuerte que el golpe provocó la caída de varios utensilios que colgaban del techo de la cocina.

Madame Sirope se giró para contemplar a su ejército de cocineros, esta vez sin miedo a dejarles ver sus ojos llorosos, y rompió otro plato con una fuerza y contundencia que jamás había exhibido. Todo el mundo supo que si a alguien se le ocurría desobedecer la próxima orden, el día podía acabar todavía peor..., si es que eso era posible.

—Nuestra técnica y tradición clásicas nos otorgan el favor y la credibilidad de nuestro público, pero solo la transgresión y la innovación pueden hacer que nos venere. El postre que vamos a servir hoy será irrepetible e inigualable.

Mientras hablaba, iba ascendiendo por la escalerilla que llevaba hasta la boca de aquella endiablada máquina de triturar. Con lágrimas en los ojos y un exaltado dramatismo, dijo:

—¡Haced de mí el mejor postre que jamás haya probado el ser humano!

Todo pasó demasiado rápido. El sonido chirriante volvió a inundar la sala y la máquina empezó a trabajar a toda potencia ante la atónita mirada de todos. A diferencia del modo gradual en que el ruido de los sapos moribundos había ido invadiendo la sala, esta vez la estancia se llenó inmediatamente de gritos de agonía y dolor que poco a poco fueron dejando paso a un leve silbido. La máquina se detuvo y un suave líquido rojizo se derramó en las copas que la rodeaban ahora.

Bridget se percató de que, a lo lejos, la puerta por la que había entrado se abría sola. Mientras las bandejas salían cargadas de copas hacia el comedor, ella se deslizó, poco a poco y sin hacer ruido, hacia la salida. Recogió su maleta, que todavía descansaba junto a la puerta, y la cerró cuidadosamente, no sin antes oír los aplausos que el jugoso sabor del postre había provocado entre los comensales.

Empezó a caminar por el pasillo con la intención de volver a la recepción y hablar con el señor Flint cuando, de repente, se dio cuenta de que el suelo aterciopelado sobre el que caminaba era más propio de un palacio que del roñoso motel de carretera en el que había reservado habitación.

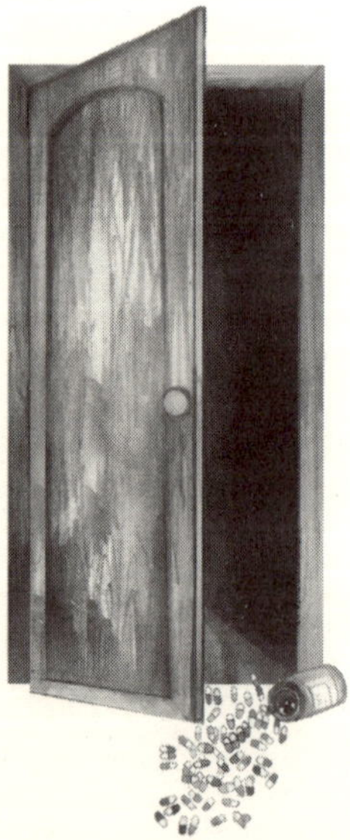

LA VERDAD

La vida hacía tiempo que se le había hecho monótona a Wally Nowembergh. A sus setenta años de edad, se había dado cuenta de que ya nada le podía ofrecer. Ahora, con unos hijos demasiado ocupados para visitarle y una mujer que controlaba cada paso que daba, sentía que su vida ya no tenía sentido, y notaba cómo todo lo que había a su alrededor le molestaba. Se había convertido en lo que siempre había odiado: un viejo cascarrabias al que nadie quiere ver.

Odiaba tener que dar explicaciones, llevaba toda la vida huyendo de ellas. Cuando lo hacía, se ponía nervioso y sus palabras siempre resultaban torpes. Pero no fue la timidez lo que le impidió contar a su mujer lo que planeaba hacer aquel día en el puente de Silent Eagle. El sonido del río a sus pies lo devolvía al pasado. Allí era donde había jugado cientos de veces de pequeño, y era allí donde guardaba los recuerdos más alegres de su vida. Su mente los recuperaba, los felices y los difíciles; los secretos que no había confesado, los nombres de las personas a las que había amado, odiado, perdonado, con las que nunca tuvo el valor de sincerarse. Pensaba en cómo habrían podido ser las cosas si hubiera actuado de forma diferente. Millones de «y si...» se desprendían de su cabeza, cruzándose con fórmulas improbables basadas en situaciones impredecibles.

«Un salto y todo acabará, solo un salto y todo acabará».

Esa idea se repetía en su mente una y otra vez. Llegado a este momento de la vida, se encontraba atado por su mujer, falto de ambiciones y objetivos, convertido en algo que no le gustaba. Su carácter gruñón no le permitía ni disfrutar de la vida ni que los demás lo hicieran a su alrededor.

Pero no quería una despedida llena de frustración. Se sentía agradecido, contento por el camino que había recorrido. Consciente de sus errores, había aprendido a perdonarse a sí mismo por ellos. Moviéndose torpemente se agachó, dobló las rodillas y elevó ligeramente los talones. Contó hasta tres. Al empezar a impulsarse, notó cómo la ropa se le enredaba en la barandilla que protegía a los viandantes del precipicio. Esos segundos fueron suficientes como para que un grupo de jóvenes que paseaba cerca, viendo las intenciones del Señor Nowembergh, fuera en su auxilio y le agarraran del brazo. Emitió un grito y se desmayó al instante.

Wally no murió aquella noche. Si había algo que le aterraba más que dar explicaciones, eran los adolescentes: su vitalidad le daba miedo.

Los ronquidos de la señora Nowembergh, sentada cerca de la cama, le despertaron. Era lo único capaz de hacerlo. No recordaba cuánto tiempo llevaba en la habitación, pero el olor de las sábanas le dejó claro dónde se encontraba. No era la primera vez que pasaba la noche en el hospital, aunque sí ingresado como paciente. Mientras él siempre había tenido una salud de hierro, su mujer no había contado con la misma suerte.

Y allí estaba, con la boca abierta, durmiendo plácidamente, emitiendo un sonido tan ventricular que parecía una ballena pidiendo auxilio en mitad del mar. Llevaba su bolso cogido; no se separaba de él por miedo a que alguien, incluido su marido, se lo pudiera quitar. Sus muñecas estaban llenas de pulseras que chocaban entre ellas a cada ligero movimiento.

El señor Nowembergh se sentó en el borde de la cama y, tras un leve impulso, se levantó. Esta vez no hubo error: la bata de cuadros que llevaba no había conseguido evitar que se pusiera en pie. Intentando no despertar a su mujer, recogió su ropa, que estaba doblada en una silla, y se dispuso a escapar. Abrió la puerta de espaldas y de puntillas. Sin perder de vista a su mujer, fue cerrándola.

Un estruendo invadió de pronto sus oídos. Se dio la vuelta para ver de dónde provenía tanto alboroto y se quedó inmóvil, pegado a una de las paredes del salón, junto a la puerta que acababa de cerrar.

El glamur y el lujo del lugar se mezclaban con la fiesta y el descontrol. Empezó a caminar a ciegas, apartando como podía a los adolescentes que no paraban de bailar a su alrededor. Por un momento pensó que quizás sí que había saltado, que los jóvenes que había encontrado en el puente eran ángeles que lo habían traído hasta allí. Quizás aquello era el cielo... pero ¿cómo podía ser? ¿Cómo iba a ser el cielo una fiesta llena de adolescentes? ¡El infierno! Eso debía de ser aquello, ¡un castigo!

—¡Qué poca vergüenza! ¡Se va todo a la mierda! —se quejó mientras empujaba a un par de jóvenes que bebían frente a él—. Si esto es el cielo, yo me quiero volver.

—¿Quién ha traído a su bisabuelo a la fiesta? —oyó que le contestaba alguien entre la multitud. El señor Nowembergh se giró de repente, intentando identificar quién lo había dicho.

—¿Has sido tú? —preguntaba a todos mientras les agarraba con agresividad de la ropa con cara amenzante—. ¿O tú? ¿¡Has sido tú!? ¡Yo no soy ningún viejo! —gritó lleno de ira. De repente, notó que alguien le cogía por detrás y lo elevaba sobre sus hombros.

—¡Bajadme! ¡Bajadme! —gritó mientras los invitados le movían por los aires a través de toda la habitación.

Tres días más tarde, Wally se había convertido en el alma de la fiesta. Él mismo estaba muy sorprendido: bebió, bailó hasta el agotamiento y disfrutó como hacía tiempo que no lo había hecho.

La gente no había parado de llegar. Incluso la policía, que había venido tras las quejas de los vecinos, se había acabado uniendo a la fiesta. No sabía dónde estaba, pero tampoco le importaba; por primera vez en mucho tiempo estaba siendo feliz. Lo más asombroso de todo era que jamás se habría imaginado a su edad sintiéndose así. Quizás había subestimado su vida pasada, quizás había sido víctima de su propio mal carácter.

Volvía a sentirse vivo, pero empezaba a necesitar descansar un poco. Había tanta gente en la planta de abajo que no lograba encontrar el sofá. Pensó que quizás en el piso de arriba podría encontrar alguna habitación, así que subió la larga escalera, lentamente, intentando que nadie le viera. No hay nada que los adolescentes odien más que los amigos que se van antes de que la fiesta acabe. Los pasos le pesaban y notaba todavía los efectos del alcohol en su cuerpo. Una larga moqueta se extendía por el pasillo al que había llegado. A ambos lados, un montón de estanterías llenas de libros se alternaban con las puertas que llevaban a las diferentes habitaciones.

Abrió la primera puerta que encontró y, presa de su borrachera, se tumbó en la enorme cama que la presidía. Era una habitación amplia, llena de cuadros, con un armario enorme y un pequeño baño individual junto a un enorme ventanal. A través de él se veía la entrada abarrotada de los coches que habían traído los invitados. Sobre la mesita de noche había un bote lleno de pastillas y un periódico abierto. Como todo buen anciano que se precie, no pudo resistir la tentación de leerlo. El sueño no tardó en ganarle la batalla, y a los pocos minutos ya estaba dormido.

Mientras dormía, la fiesta continuaba en el salón, y un hombre, probablemente el único que a parte de Wally tenía más de 30 años, se subió sobre un enorme piano.

—¡Eehhhh! —dijo el hombre intentando hacerse oír. Lucía un perfecto tupé y, a parte de la bata, llevaba zapatillas de andar por casa y un libro bajo el brazo—. *Ossh* quiero regalar a tooooodos un ejemplar de mi último librooooo —dijo enseñándolo. Al levantarlo casi se tropieza y cae sobre la multitud que le ignoraba. Conseguía hablar con una dudosa claridad; era evidente que había bebido demasiado—. Oye, ¡callaooos! —dijo enfadado, viendo que nadie le hacía caso. Había demasiada gente y el volumen de la música no ayudaba.

—¡Cállate tú! —le dijo un grupo de jóvenes que estaba bebiendo junto al piano.

Wally llevaba un rato durmiendo cuando escuchó unos gritos que provenían de la planta de abajo. Eran las cuatro de la mañana y las luces de toda la casa parecían ahora apagadas, igual que la música. Desde el gran ventanal, vio cómo la gente se iba corriendo mientras un hombre, visiblemente enfadado, les increpaba con un arma en la mano.

—¡Idos a *vueshtra* caaasa! ¡*Soísh* todaaas unas *sannnguijuelash!* ¡Me *gashhhto* mis últimos ahorros en *voshooootros* y no sabéis ni cóóómo se llama mi última novelaaa! —repetía mientras cerraba la puerta de un portazo. Con la casa vacía y en un silencio absoluto, Wally escuchó cómo aquel hombre subía torpemente por las escaleras—. Para qué quiere uno amigos en la vida, si no se preocupan ni de leer tu trabajo —escuchó que decía cabreado.

Presa del pánico por si le encontraba allí, corrió y se escondió en el gran armario que había al lado de la cama, junto a la puerta del baño. Se enganchó con uno de los abrigos, haciendo que varios de ellos se le cayeran encima. Le escuchó entrar en la habitación y rebuscar torpemente entre los cajones.

—No quiero tener que volver a ver *másssh* a esa gentuza *desagaradesíiida* —dijo mientras entraba en la habitación. Parecía que Wally no era el único al que el alcohol había afectado en exceso. Desde su escondite no lograba ver nada de lo que pasaba fuera, así que se mantuvo quieto esperando una mejor oportunidad de escapar.

Los minutos pasaron y, viendo que no escuchaba ruido, salió de su escondite. Vio a un hombre tumbado en la cama; su cara le resultó familiar. Se acercó hasta él y recogió el periódico que había dejado sobre la mesita para comparar su rostro con el de una foto que había visto en él. Simon Verne era un escritor de éxito, con una primera novela que había conseguido batir todos los récords de ventas. Pero de eso ya hacía veinte años, y, desde entonces, todas sus novelas habían sido el hazmerreír de crítica y ventas. Su última obra, *El Club de Los Kiwis,* no había sido menos.

Dejó el periódico sobre la mesa de nuevo y observó el bote de pastillas, que ahora estaba vacío. Lo había visto lleno, estaba seguro de ello. Un pensamiento horrible brotó de su cabeza.

¿Se habría suicidado? —pensó Wally mientras observaba la cara de Simon durmiendo—. ¿Habría sido capaz de hacer algo así? Por un momento, su subconsciente se rio de él al recordar las últimas decisiones que había tomado recientemente. A Simon parecía que le estaba empezando a costar respirar, y, poco a poco, lo que empezó como un leve carraspeo terminó siendo una tos horrible que le despertó. Wally, sin saber muy bien a dónde ir, salió corriendo hasta el lavabo y se escondió tras la enorme cortina de la ducha.

—¡Qué he hecho! ¡Oh dios! ¡OH DIOS! —dijo Simon. Se incorporó sobre la cama y recordó lo último que había hecho antes de dormir. Arrepentido por su locura, alcanzó el lavabo dando tumbos por la habitación. Una vez allí, de rodillas, empezó a vomitar repetidamente. Aunque todavía estaba ebrio, recordaba perfectamente haber intentado acabar con su vida.

El sonido de las arcadas invadió la casa. Wally observó asustado a Simon, de rodillas en el váter, intentando vomitar. Aprovechando que estaba ocupado, intentó salir del baño tan torpemente que se le cayó la cortina encima.

El escritor, que no se esperaba que hubiera nadie allí, se sobresaltó tanto al escuchar el alboroto que se golpeó la cabeza con la bañera y murió.

Wally se incorporó y se quedó mirando aquella macabra escena. Dulce ironía del destino... que, habiendo conseguido evitar su suicidio, no había podido evitar su muerte. Salió de la bañera y empezó a caminar lentamente hacia atrás, sin dejar de ver el cuerpo inerte del escritor.

Cruzó la habitación y bajó a la planta baja con la intención de volver al salón. Al llegar allí, tardó en digerir la escena con la que se encontró.

Decenas de cuerpos tirados en el suelo, muertos, se amontonaban por todas partes. Las paredes llenas de agujeros no dejaban duda de cómo habían muerto ¡Aquel hombre se había vuelto loco! No solo había intentado acabar con su vida, sino que también había intentado acabar con la de todos los que le rodeaban. «¡Qué forma de acabar una fiesta!», pensó horrorizado.

La puerta por la que había llegado desde su habitación en el hospital estaba en el extremo opuesto del salón. Ahora que estaba seguro de que aquello era el infierno, solo pensaba en salir de allí, en volver a su vida anterior. Quizás todavía era posible, quizás aquello era una pesadilla, un viaje astral... Su mente se aferraba a cualquier posibilidad de volver al pasado: «Haría tantas cosas diferentes...», pensaba. Sus viejos zapatos fueron aplastando caras, brazos, bocas, dedos...

Alcanzó de nuevo la puerta y, tras apartar los cuerpos que le impedían abrirla, giró el pomo y la cruzó. Por fin dejaba atrás aquel mal sueño. Sintiéndose a salvo, observó atónito que allí no se encontraba la habitación del hospital. Un pasillo lleno de puertas se extendía ante él. ¿Estaría su mujer esperándole tras alguna de ellas?

Algo dentro de él deseó que no.

UN HOMBRE NORMAL

Bruno era un tipo normal que vivía en una casa normal y tenía amigos normales. Trabajaba en una empresa de bolígrafos normales y practicaba futbol en su tiempo libre. No era un gran jugador, tampoco era muy malo, era normal.

Por la mañana se despertaba a las siete, y tras entrenar en el gimnasio cogía siempre el mismo bus, el 165, en dirección a la fábrica. Había otro que pasaba diez minutos antes, el 65, pero daba más vuelta y al final acababa llegando más tarde.

Dedicaba toda la mañana a revisar el proceso de taponado de los bolígrafos. Las máquinas a veces fallaban, y no eran pocas las veces que los tapones acababan saliendo del revés. Bruno tenía un sueldo normal, no lo suficiente como para independizarse, pero sí como para no tener que pedirle dinero a sus padres y poder darse algún gusto de vez en cuando.

Su madre le preparaba cada día la comida, y él, como todo el mundo allí, la guardaba en la nevera que la empresa les había facilitado hasta que llegaban las dos del mediodía. Aunque a sus compañeros les gustaba comer juntos en la cocina, Bruno prefería hacerlo en su escritorio, acompañado del último capítulo de la nueva serie de moda.

Cuando acababa su jornada laboral, siempre más tarde de lo que debía, volvía a coger el bus 165 de vuelta a casa. El poco tiempo que le quedaba lo dedicaba a echar unas partidas en la consola, sin dejar de mirar el reloj para no acostarse muy tarde.

La semana pasaba hasta que llegaba el domingo por la tarde, momento en el que quedaba con sus amigos en su bar favorito, al que llevaban acudiendo desde que tenían doce años. Allí fantaseaban con la vida que no tenían, las chicas que les gustaría conocer y los trabajos que soñaban conseguir.

El lunes amaneció tan normal como cualquier otro, las tiendas abrieron normalmente y los niños asistieron al colegio de forma normal, aunque el despertador de Bruno no sonó a la hora que habríamos considerado normal. Las siete se convirtieron en las ocho, y, cuando quiso darse cuenta, ya estaba llegando tarde al trabajo. Salió de un brinco de la cama, se vistió mientras bajaba la escalera y se coló en el autobús tan pronto como pisó la parada, sin apenas darse cuenta de que había cogido el 65.

Todavía estaba asimilando que este error de última hora le iba a costar llegar todavía más tarde cuando de repente la vio, allí, sentada junto a la ventana. No podía apartar la mirada. Se sentó lo suficientemente cerca como para poder verla, pero lo suficientemente lejos como para que ella no se sintiera incómoda si le veía observarla. Tenía la tez pálida y unos ojos pequeños y tímidos. Se mordía con delicadeza sus labios con nerviosismo e impaciencia, como si algo le preocupara. Parecía cansada, como si hubiera estado toda la noche en vela.

Las paradas se fueron sucedieron sin que ella se diera cuenta de que tenía un observador, hasta que ella hizo ademán de bajar en la siguiente y presionó el botón que avisaba al conductor. En ese momento sus miradas se cruzaron y, por un momento, Bruno notó que ella sentía lo mismo que él. En la cabeza de Bruno el tiempo se paró, y el bus reemprendió su marcha mientras observaba anonadado a través del cristal cómo ella caminaba con paso firme. Cómo de maravilloso sería, pensó, dando rienda suelta a sus fantasías.

Pocas paradas después, Bruno bajaba del autobús.

La fábrica estaba en un punto intermedio entre el pueblo donde vivía Bruno y la ciudad más cercana. El descampado permitía comparar ambos paisajes: grandes edificios hacia un lado y pequeñas casitas en el lado opuesto. Dejando a su espalda la parada del autobús, frente a él, y en medio de ambos paisajes, se encontraba la fábrica. Era enorme, tan grande que costaba imaginar que se fabricasen en su interior objetos tan pequeños como un bolígrafo. Evitó entrar por la puerta principal: entendía que sus jefes iban a echarle bronca, pero no quería que toda la empresa lo viera llegar tarde. Recordó que, en uno de los laterales, había una entrada que también conducía a la sala donde trabajaban sus compañeros, pero se encontraba al lado de las escaleras que la comunicaban con los despachos de dirección. Con un poco de suerte, nadie le vería entrar y podría ir directamente al despacho de su jefe para disculparse sin que todas las miradas lo siguieran mientras atravesaba la sala.

No le costó demasiado encontrarla. Estaba todavía tan absorto en la sensación de felicidad que le generaba recordar la cara de aquella chica que apenas se dio cuenta de lo que ocurrió al abrir la puerta. Lejos de encontrarse con las filas de trabajadores y de máquinas, se topó con la consulta de un doctor: una pequeña habitación más parecida a su despacho que a la ruidosa sala principal de la fábrica. En el centro había una mesa con un par de sillas a su alrededor, y sobre ella reposaban cinco montones de ropa blanca recién lavada. Se fijó en las paredes y descubrió en una de ellas lo que parecía una colección de diplomas con tecnicismos incomprensibles relacionados con alguna ciencia o medicina que desconocía.

De repente, una puerta que se encontraba justo tras la mesa se abrió, y tras ella apareció una señora de unos setenta años vestida de blanco.

—¿Tú que haces aquí? —le preguntó. Pronunciar las palabras parecía costarle tanto como caminar.

—¿Yo? —dijo Bruno. Ella contestó mirando a ambos lados buscando a alguien más en la habitación, dejando en evidencia que solo podía dirigirse a él.

—Pues... buscaba el despacho de... —dijo él antes de ser interrumpido.

—¡Ah! Pues claro, vienes con el resto de chicos a ver al doctor, ¿no? Coge uno de los albornoces que hay sobre la mesa y pasa a la siguiente sala. No hay prisa, todavía tienes gente delante esperando —le dijo volviendo a desaparecer tras la puerta.

Bruno se giró hacia la mesa y, mientras la observaba, pensó que debía de tratarse de algún tipo de revisión médica para los trabajadores. Llevaba años en la empresa y cada año había una, aunque no recordaba haber visto mensaje alguno en el cartel de anuncios. Quizás, y solo quizás, con un poco de suerte, aquello le servía de excusa y nadie se daría cuenta de que había llegado tarde.

Cogió el albornoz y siguió a la mujer. Al atravesar la puerta, llegó a una sala bastante más grande y llena de gente. Estaban sentados en un banco que rodeaba tres de las cuatro paredes de la estancia. Vio que la cola terminaba justo a su derecha, así que se sentó allí esperando que llegara su turno. Todos los chicos estaban sentados y con un albornoz muy similar al suyo. No logró reconocer entre ellos a ninguno de sus compañeros.

—Estáis todos con una cara de susto que cualquier diría que os vamos a matar —dijo la enfermera riendo—. Mi nombre es Lula, y estoy aquí para resolver vuestras dudas hasta que el doctor os pueda atender en la consulta —explicó. Bruno abría los ojos todo lo que podía para no perderse detalle alguno. «Vaya circo han montado en la empresa», pensó mientras observaba los viejos utensilios que la pobre señora llevaba en uno de los bolsillos. «Como no laven eso, sí que nos van a matar», pensó.

—Iréis pasando uno a uno; primero os cambiaréis en esta habitación que hay allí —dijo señalando la puerta que se encontraba a la cabeza de la cola—. Esperaréis y, en cuanto el Dr. Surdo os avise, podréis pasar a la siguiente estancia, donde os atenderá —dijo antes de dirigirse al chico rubio que se encontraba en el extremo opuesto a Bruno.

—¿Ya me toca? —preguntó este.

—Solo si tú me dejas, jovencito —dijo ella bromeando.

La enfermera iba saliendo cada veinte minutos para anunciar que el siguiente podía pasar. Cada vez que esto ocurría, todo la fila se corría un asiento hacia la derecha. Esto se fue repitiendo hasta que solo quedaba un chico por delante de Bruno en la sala de espera. No podía dejar de pensar en aquella chica, su cabeza se había quedado congelada en el momento en que ella bajó del autobús. Quizás por eso no se dio cuenta de la tétrica nana que le había estado acompañando durante todo ese rato; quizás por eso no se fijó en las fotos enmarcadas que colgaban por toda la estancia. Gracias a una pequeña descripción que había bajo cada una de ellas, pudo saber un poco sobre ellas. Cada una representaba la medicina en un momento diferente de la historia, desde las atrocidades más grotescas que se habían hecho en nombre de la ciencia en el pasado hasta las que la tecnología más puntera permitía. A su derecha, un cuadro mostraba el estado en el que habían quedado unos pacientes durante un experimento soviético en el que se les había privado del sueño durante treinta días, utilizando gases estimulantes. Los pacientes yacían atados a sus camas mientras los médicos hablaban con ellos y anotaban datos en una libreta. Sus rostros, lejos de parecer humanos, se habían convertido en el reflejo del sufrimiento y el cansancio. Mucho más reciente, otra foto representaba una operación de reducción de peso en la que el paciente estaba tumbado en la camilla mientras un doctor le extraía, utilizando lo que parecía una manguera, la grasa de su cuerpo.

La estancia, ahora casi vacía, se encontraba en silencio casi absoluto. Quizás por eso fue capaz de escuchar un breve crujido que provenía del interior de la consulta. Bruno se levantó con la intención de pegar el oído a la puerta y escuchar qué ocurría allí dentro. Pero apenas se estaba levantando cuando, de los pliegues del albornoz que sostenía, cayó algo al suelo. Era como esas galletas chinas que llevan un mensaje de buena suerte dentro. Se volvió a sentar, le quitó el envoltorio y la partió con los dedos como si de una rama de árbol se tratara. En su interior había un papel, pero lejos de contener un consejo o mensaje, tan solo encontró un número: 2206.

«Vaya tomadura de pelo», pensó, y la guardó en el bolsillo justo en el momento en que la enfermera Lula abría la puerta. Al ver que el siguiente paciente se había quedado dormido, cerró la puerta con todas sus fuerzas. El chico despertó de golpe.

—¡Perdón! —musitó Lula pícaramente. Sus arrugas dibujaban una sonrisa que estaba más cerca de la canallada que de la inocencia.

El chico se levantó malhumorado, recogió el albornoz que se le había caído del susto y salió seguido de la enfermera por la puerta por la que había visto pasar al resto de compañeros.

Pasaron pocos minutos cuando Bruno se dio cuenta que su mañana ya casi había pasado. «Un día tranquilo en el trabajo», pensó. Sin embargo, algo dentro de él le decía que estaba lejos de ser eso. Se acercó a la puerta del vestidor y, ahora sí, llegó a pegar la oreja. No le dio tiempo a esforzarse para escuchar qué decía el doctor, ya que la puerta cedió a su peso y se abrió. Encontró una estancia pequeña, con una silla de madera en la que reposaba la ropa del chico que hacía unos minutos dormía a su lado. Fue a cerrar la puerta cuando, de repente, se dio cuenta de que ahora podía escuchar claramente lo que decían.

—Marcos. Te llamas Marcos, ¿no? —preguntó la voz ronca del doctor.

—Sí. Doctor, estoy un poco nervioso —contestó el chico.

—No tienes nada que temer, el doctor es muy bueno en su campo —dijo la voz de la enfermera.

—La evolución ha sido la encargada, a lo largo de la historia, de ejercer una selección natural que ha culminado con la coronación del ser humano como animal dominante. Estamos en lo más alto de la cadena alimenticia, pero todavía podemos llegar más allá —escuchó que decía el doctor—. Los seres humanos seguimos evolucionando, y es nuestra propia naturaleza la que nos da pistas de cómo seremos en unos años, pero ¿por qué esperar tanto? ¿Por qué dejar a la evolución lo que ya podemos hacer nosotros? —preguntó el Doctor Surdo a Marcos.

Bruno, intrigado por la falta de respuesta de Marcos, escudriñó a través de la cortina y vio una escena que se quedó clavada en su mente: en lo que parecía un antiguo quirófano, se encontraba Marcos, desnudo, atado de pies y manos a la camilla.

—Lo normal es que, con el tiempo, acabemos perdiendo todos los dedos del pie, excepto el gordo, que es el único que utilizamos —dijo el doctor mientras miraba fijamente los ojos de Marcos. Sin despegar su vista de allí, empezó a arrancarle de cuajo, uno a uno, los ocho dedos sobrantes—. Esto no lo necesitas para nada ya —exclamó mientras zarandeaba un meñique. Marcos gritaba y luchaba por liberarse de las manillas que le tenían preso.

Bruno se quedó congelado mirando la escena, que se convirtió todavía en más horrenda al darse cuenta de la cantidad de dedos que colgaban de una de las paredes.

—¿Qué estás estudiando? Anda va, cuéntamelo, deja al doctor trabajar tranquilo. ¿Tienes novia? —le preguntó la anciana enfermera a Marcos en la oreja, mientras este seguía gritando de dolor—. ¡Qué exageración! Pero si es por tu bien, chico —insistió ella al ver que seguía agonizando.

El doctor siguió con su operación. Fijó su mirada en uno de sus brazos y, con la ayuda de un hacha, se lo cortó de cuajo—. Esto también sobra —dijo mientras sonreía—. ¿*Pa* qué quieres dos? —le dijo.

—Madre del Requesón, qué escándalo estás formando; tus compañeros no se quejaron tanto —añadió el doctor—. Vas a asustar al paciente que nos queda.

—¡Ay, doctor! Ahora lo entiendo todo, se me ha olvidado aplicarle la anestesia —musitó la enfermera, horrorizada por su fatal error.

—Pero Lula, ¡cómo has podido! Ahora entiendo que el pobre lo esté pasando tan mal —dijo Surdo horrorizado por la falta de profesionalidad de su compañera.

La enfermera rebuscó por debajo de la camilla y sacó de ella un hacha con la que, de un golpe seco, rebanó la cabeza de Marcos. Los gritos cesaron al instante.

—¡Qué silencio! Es que no me podía concentrar; normal que le doliera —dijo él con gesto amable, dirigiéndose a su compañera—. Solo nos queda extirparle el corazón; seremos mejores cuando nos deshagamos de los sentimientos, solo nos entorpecen la vida —dijo el doctor dirigiéndose al cadáver del pobre chico

—Esta intervención, sin anestesia, sí que podría haber sido especialmente dolorosa —dijo Lula mientras sonreía con la cara aún manchada de sangre.

Bruno retrocedió unos pasos, hasta que su espalda se topó con la puerta que llevaba a la sala donde debía estar esperando su turno. Se dio la vuelta lentamente, todavía procesando lo que acababa de ver, cruzó la puerta y atravesó la sala de espera apenas teniéndose en pie. Llegó zarandeándose a la estancia donde estaban todavía los albornoces y vomitó sobre ellos. Oyó la voz de la enfermera preguntando por él en la sala contigua, se abalanzó sobre la puerta que debía llevarle al exterior y la cruzó, cerrándola con todas sus fuerzas tras él. Cayó rendido al suelo, agotado, intentando pedir ayuda, pero sin fuerzas para gritar.

Era extraño. Había entrado por allí, pero no veía ni la parada de bus ni la ciudad a lo lejos. Ante él solamente había un largo pasillo lleno de puertas que se extendían a ambos lados. El lugar, aunque desconocido, le transmitió cierta sensación de paz que le calmó. Pasaron los minutos y, poco a poco, la velocidad a la que latía su corazón recuperó la normalidad.

—Aquí tampoco está —escuchó que decía una voz tras él. Se levantó del suelo al ver que allí, a pocos pasos de él, se encontraba una señora vestida con un horrible camisón. Iba abriendo, una a una, todas las puertas que había en el pasillo; parecía estar buscando algo. Bruno observó sorprendido cómo, cada vez que abría una diferente, algo extraño ocurría: un fuerte viento la empujaba hacia atrás, un rugido la asustaba o un grupo de monos salía del interior en estampida... Por suerte, después de darse cuenta de que no encontraba lo que buscaba, las cerraba tan rápido como podía. Era incluso divertido verla pelear con aquellos animales evitando que se escaparan.

—Disculpe, joven, ¿ha visto usted a mi marido? —le preguntó al verle.

—¿A quién? —contestó Bruno.

—¿A quién qué? —le dijo la anciana, que parecía ya no acordarse de qué le había preguntado.

—Su marido..., señora —le contestó Bruno extrañado.

—¿¡Le conoce!? —le dijo ella visiblemente esperanzada.

Bruno inclinó la cabeza levemente, frunció el ceño y la observó detenidamente. Era obvio que aquella señora tenía problemas. Preocupado por si le podía ocurrir algo, y viendo lo descuidada que era al abrir cualquier puerta, la cogió de la mano y le dijo: «Venga, que vamos a ver si encontramos a su marido». Empezaron a caminar juntos intentando encontrar el final de aquel interminable pasillo.

Las puertas se sucedían una tras otra, de la misma forma en que lo hacían las preguntas en su cabeza. Igual que el contenido de aquellas habitaciones, ninguna de ellas parecía que fuera a tener una respuesta normal.

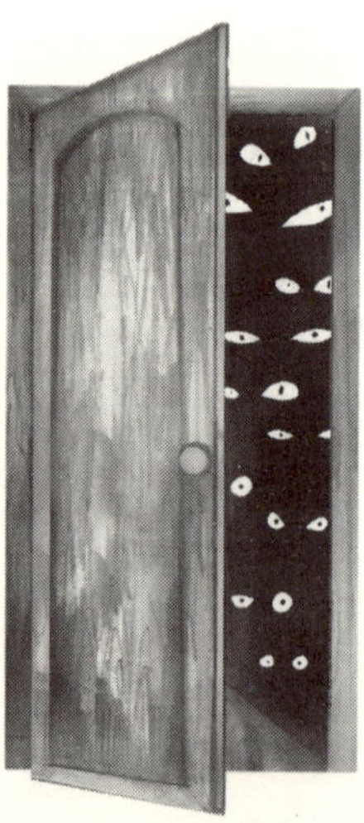

EL NIÑO QUE SE OLVIDÓ DE DORMIR

De entre todos los talentos que existen en el mundo, Ethan creía que le había tocado el más absurdo. Solo los mayores parecían darle algún valor a su creatividad.

En clase todo el mundo se reía de sus dibujos. Mientras sus amigos se divertían jugando al fútbol, él se pasaba el recreo entre árboles, con sus muñecos, bolígrafos y dibujos, fantaseando aventuras. Aunque se lo pasaba bien, a ratos habría preferido haber sido bueno con la pelota y que sus compañeros de hazañas no fueran de plástico. Quizás todo hubiera sido más fácil, quizás habría tenido menos problemas con sus compañeros.

Pasaba mucho tiempo solo porque su madre trabajaba, durante el día en casa de unos vecinos y por la noche barriendo las calles del pueblo. Alguna vez se lo llevaba con ella, pero sus continuos problemas con la vecina hacían que prefiriera quedarse en casa. Había asumido las tareas del hogar: no solo limpiaba la casa y la ropa, también se encargaba de cocinar. Le gustaba experimentar mucho con la comida, y, aunque había aprendido muchas recetas, siempre intentaba sorprender a su madre con algo nuevo para cenar cuando llegaba de trabajar.

Aunque no se lo decía, ella le estaba muy agradecida por todo. Desde que su padre desapareció, las cosas para la familia Moore no habían sido fáciles, y no eran pocas las veces que el pequeño todavía fantaseaba con su vuelta. Ella había hecho malabarismos para conseguir sobrevivir con el poco dinero que ganaba. Por eso le estaba tan agradecida, porque dentro de esa cabecita tan infantil y llena de estrellas, el sentido de la responsabilidad de un adulto aparecía siempre que era necesario. Así que, mientras los niños no le entendían, los adultos se sorprendían por su madurez. Pero, como todo en la vida, pronto Ethan descubriría que nada es bueno en exceso.

Llevaba varios días sin conseguir dormir. Se levantaba cansado y no entendía muy bien por qué. Agotado, le costaba recordar cada mañana qué había soñado. Normalmente le gustaba jugar con eso, y anotaba en una libreta las aventuras que lograba rescatar de su memoria. Como aquella vez que consiguió lo impensable: jamás había creído posible soñar varias veces lo mismo. Casi por casualidad, descubrió que si

cerraba los ojos pensando en algún sueño pasado, podía lograr revivirlo, aunque no siempre funcionaba. Una vez, se convirtió en director de circo y organizó su propio espectáculo con payasos, trapecistas, magos, equilibristas... Al despertar, anotó todos los detalles que pudo recordar en su libreta. Semanas después, tras releerla antes de dormir, pudo disfrutar aquella aventura de nuevo.

Pero lo que le estaba ocurriendo ahora era mucho más extraño. No conseguía conciliar el sueño y, cuando lo hacía, su mente se llenaba de personajes y situaciones que conseguían tener al pequeño aterrado. A medida que su cansancio empeoraba, los recuerdos de lo que vivía mientras dormía ganaban en claridad. Los personajes que poblaban su mente eran mucho más tétricos de lo que cabría imaginar. Las aventuras y sueños habían dejado paso a horribles pesadillas. Ethan ya no es que no pudiera, es que no quería dormir por miedo a tener que enfrentarse a ellos. Si dormir debía aportarle descanso, estaba claro que ya no sabía cómo hacerlo, había olvidado cómo dormir.

Pasaron días y la situación empeoró hasta tal punto que las noches en vela se empezaban a encadenar; aunque algunas lograba conciliar el sueño, otras no podía pegar ojo, no quería pegar ojo. Los días dieron paso a las semanas, y su madre, por muy ausente que estuviera de su vida, acabó dándose cuenta del problema.

—¿Me vas a contar qué te pasa? —le dijo mientras observaba a su hijo desayunar en la mesa de la cocina. Ella estaba sentada frente a él, preocupada.

—Estoy bien mamá, solo que... últimamente no duermo mucho... —le contestó el pequeño intentando quitarle importancia. Era la primera vez que pasaba tres días sin dormir, pero prefería no contárselo para no preocuparla. Le costaba mantener la cabeza erguida, así que, mientras daba vueltas con la cuchara en el bol de cereales, usaba la otra mano para evitar que se le cayera sobre él.

—Hoy no irás al colegio, te quedarás en casa —le dijo mirando el reloj y levantándose con premura de la mesa. Ethan prefería ir a clase, la idea de quedarse todo el día solo le ponía la piel de gallina. Incluso prefería acompañarla al trabajo y aguantar las demencias de su vecina con tal de no quedarse solo.

—¿Ya te vas? —le preguntó asustado.

—No puedo quedarme Ethan, lo sabes, esa vieja necesita que le ayude con sus cosas, y el dinero nos hace mucha falta —le contestó—. Quédate dibujando en casa e intenta también descansar un poco. De verdad, no puedes ir al colegio así —le dijo. Ethan sabía que no aguantaría mucho más despierto y no quería encontrarse solo si el sueño le ganaba la batalla.

—Sabes que estoy en la casa de al lado, te prometo que vendré de vez en cuando por si necesitas algo, ¿vale? —le dijo dándole un beso en la frente. Minutos después, la puerta de la entrada se cerró y Ethan se dirigió al sofá.

La casa tenía dos pisos. Mientras en la planta inferior estaban la cocina y el salón, en la planta superior se encontraban las habitaciones y los baños. Ethan se sentía más seguro abajo, alejado de su cama y de su pared llena de dibujos. Encendió la vieja consola y, aunque intentó distraerse con ella, no pudo evitar que sus ojos pelearan por descansar, relajarse. Sus párpados le pesaban cada vez más, y su vista se empezaba a desenfocar. Todo le pesaba y sus movimientos eran cada vez más lentos. No podía dormirse, no debía dormirse, no quería dormirse.

La televisión seguía encendida cuando su madre llegó un par de horas después a casa.

Abrió los ojos lentamente y estiró los brazos, sintiéndose descansado. Disfrutó de esa sensación. Casi se había olvidado de lo bien que sentaba despertar así. ¿Cuánto hacía que no dormía tan bien? La almohada era enorme, tanto que no solo reposaba en ella la cabeza, sino también la mitad de su cuerpo. Dentro de las sábanas se sintió seguro por primera vez en mucho tiempo, y no quería desprenderse del cálido abrazo que le proporcionaban.

Entreabrió los ojos y empezó a ser consciente de dónde estaba. Seguía llevando puesto su pijama. La tenue luz de una vela que reposaba en la mesita de noche le ayudó. Aunque no recordaba haber salido de casa, estaba seguro de que aquel no era su cuarto. No estaban sus dibujos, ni su colección de libros, ni el horrible payaso de peluche que le había regalado su madre para su cumpleaños.

Se incorporó y observó la habitación. Era amplia y estaba bastante vacía. A excepción de la cama sobre la que descansaba, tan solo había una pequeña mesita de noche. Las paredes eran de madera, altas, y desprendían un calor acogedor más característico de cualquier chimenea. El techo era diferente al resto, aunque de madera, parecía compuesto de raíces que sobresalían y se enredaban entre ellas. Aquellas raíces rompían con el lujo y la elegancia que desprendía el lugar. Frente a la cama, una única puerta sobre la que colgaba un viejo reloj.

Junto a él, la enorme almohada sobre la que había estado descansando, quién sabe cuánto tiempo, empezó a brillar. En su interior, como si de una pequeña galaxia se tratara, millones de puntos luminescentes de todos los tamaños se movían de un lado a otro. Atraído por la curiosidad, hundió su cara en ella. Ethan no recordaba cuanto tiempo había durado, quizás había estado allí horas, ensimismado, quizás incluso habían sido días, pero, cuando volvió a incorporarse, no podía creer lo que había ocurrido. Allí, encerrados en aquella almohada, había visto a todos y cada uno de los seres que le habían estado atormentando las últimas semanas.

El ruido de la puerta abriéndose le devolvió a la realidad de repente y, asustado, despegó su cara de la almohada y se dio la vuelta haciéndose el dormido.

—¡Qué día tan perfecto! ¡Arre! —dijo la joven que entraba distraída. Dejó la puerta abierta de par en par y salió en la búsqueda de un carro cargado de almohadas. Se acercó hasta la cama y, mientras se ataba el pelo con una cinta, se puso a cantar una dulce canción.

No fue hasta que se dirigió a recoger la almohada de Ethan cuando se dio cuenta de que tenía compañía.

—¡Dios mío! ¡Un niño! ¡Arre! ¡Despierto! —dijo exaltada. Se giró para mirar el enorme reloj que había sobre la puerta—. ¡Y es de día! ¡En tu zona horaria es de día! Esto no está bien, nada bien, como se entere Moka vamos a tener un problema —dijo. La chica vestía un largo delantal que le colgaba del cuello y que a la altura de la cintura empezaba a rodearla, como si de una serpiente se tratara, formando la falda, que casi le hizo tropezar. Multitud de llaves se repartían a lo largo de la falda, colgando de los pliegues del delantal. Las había de todos los tamaños y formas.

—¿Dónde estoy? —le preguntó.

—En tu habitación. Tu madre me ha pedido que cuide de ti, así que haz el favor de tumbarte y volverte a dormir, ¡arre! —le mintió ella nerviosa. Parecía tener algún tipo de tic que le hacía acabar algunas frases con aquel extraño grito.

—Esta no es mi habitación —dijo él contundentemente—. ¿Dónde estoy?

—Qué tonterías dices, ¡arre! Anda, duérmete... —le contestó cada vez más nerviosa. El niño insistió con la pregunta—. ¡Boh! Esto es imposible, ¡arre! Esto nos va a dar muchos problemas, ¡arre! —dijo ella sentándose en la cama y llevándose las manos a la cabeza. Ethan se acercó y se sentó a su lado. No sabía dónde estaba, pero seguía sintiéndose tan a gusto en aquel lugar como cuando había despertado. Viendo que no contestaba a su pregunta, decidió cambiarla para ver si tenía más suerte—. ¿Quién eres?

—Yo... yo... me llamo Lumbre, y me encargo de vaciar las almohadas y de que todas las habitaciones estén limpias y cerradas, pero nadie me dijo nada de tener que dormir a los niños, ¡yo de niños no sé nada! ¡Arre! ¡Qué locura! ¡Con la cantidad de trabajo que tengo! —le contestó, y Ethan sonrío satisfecho. Ya sabía un poquito más.

—¿Hay más niños aquí? —preguntó.

—Claro, muchos más, ¡arre! Pero todos dormidos, ninguno despierto, ¡NINGUNO! —le contestó indignada mirándole a los ojos—. Aquí los niños venís, dormís y os vais, pero nunca os despertáis —le dijo puntualizando su explicación—. ¡No sabríamos qué hacer con un niño despierto! ¡¿Qué hago contándote esto?! ¡Yo solo venía a vaciar tu almohada! ¡Eso es! ¡Arre! La vaciaré, me iré, te dormirás, y cerraré la puerta como si jamás hubiera estado aquí —le dijo mientras se ponía de pie y recogía la almohada de la cama. Se acercó al carro y sacó de él una barra de metal. Luego buscó entre las diferentes llaves que colgaban de su vestido y escogió una vieja y oxidada. La colocó en uno de los extremos y empezó a golpear la almohada lentamente. Fue aumentando su fuerza y velocidad a medida que de ella se desprendía el polvo dorado que Ethan había visto en su interior. No cayó al suelo; como si se tratara de un imán, la llave fue absorbiendo todo lo que desprendía.

—¿Ves? Yo me encargo de esto, me llevo tus pesadillas y así puedes dormir tranquilo —le dijo a Ethan. La llave ya no estaba oxidada, ahora brillaba—. Luego, introduzco esta llave en alguna de nuestras habitaciones y descargo allí tus pesadillas.

—Pues diría que no has hecho muy bien tu trabajo —le contestó recordando el miedo que había tenido a dormirse las últimas noches. El polvo no paraba de salir, y la cara de Lumbre empezaba a ser de preocupación.

—¿Dices que te ha costado dormir? —le preguntó ella temiéndose lo peor. No solo porque pudiera tener la culpa de que lo hubiera pasado mal, sino por todo lo que podía conllevar eso. ¿Podía haberse olvidado de aquella habitación? ¿Cuánto tiempo hacía que no se vaciaba aquella almohada?

De repente, dos jóvenes abrieron la puerta de la habitación y, sin prestarles atención, se quedaron tras ella observando a través de la mirilla lo que pasaba en el pasillo.

—¡ESTE HOTEL SE NOS VA DE LAS MANOS! —gritó Lumbre llevándose las manos a la cabeza—. ¡YO DIMITO! ¡ARRE!

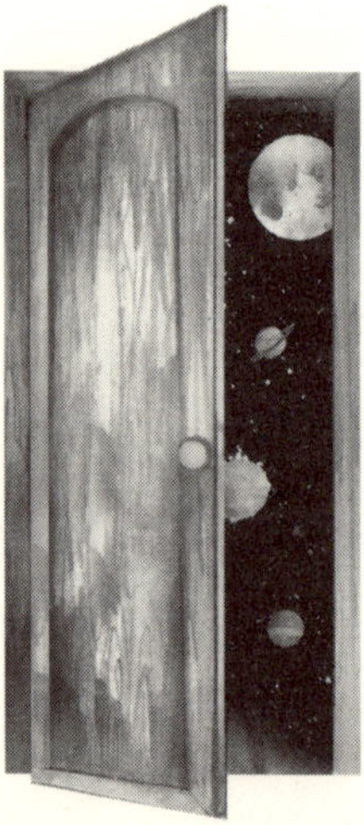

NUEVO GRAN EXPRESS

Marta y Hugo habían quedado en una cafetería del centro. Era uno de esos locales hípsters llenos de bollos, cupcakes y pasteles de zanahoria, aunque su especialidad era el café de naranja.

Se habían conocido la noche anterior en la discoteca. Los habían presentado unos amigos y, aunque no habían podido apenas hablar, sí habían buscado el momento para intercambiarse los teléfonos. Ni veinticuatro horas habían pasado y allí estaban, sentados, compartiendo su primer café juntos.

Los minutos pasaban y Hugo no dejaba de hablar. Le había hablado del café y de por qué aquel era tan bueno, sus variedades y su forma de prepararlo. También le explicó su teoría sobre cómo las redes sociales y la era de la información nos están haciendo menos inteligentes. «No es natural hacer tantas cosas a la vez —le decía— lo normal es que hagamos solo una; si estamos pendientes de tantas cosas es imposible hacerlas todas bien», concluyó.

Marta estaba alucinando.

Poco a poco, la gente fue abandonando la cafetería y Hugo no daba señales de querer irse, hasta que uno de los empleados los invitó amablemente a «contarse sus mierdas en otro lado». Pero eso no le impidió seguir hablando, más bien le incentivó. Enojado, iba despotricando sobre aquel local mientras recorrían las calles del centro. Estas escondían muchas historias que Hugo no dudó en compartir con Marta cuando se le pasó el enfado. Su primera pelea, su primer beso... Ya habían perdido la esperanza de encontrar algún bar abierto cuando la luz de un pequeño *pub* al final de la calle les sorprendió.

—¿Te apetece una última copa? —le preguntó el joven. No le dio tiempo a pensárselo demasiado, Marta ya estaba entrando en el local cuando Hugo, que iba tras ella, se detuvo para saludar a un viejo conocido—. ¡Marcos! ¡Cuánto tiempo, tío!

Una pequeña sacudida hizo que Marta se tropezara con un escalón y cayera al suelo. Por suerte, unas manos la recogieron evitando que se diera de bruces contra el suelo. Se incorporó y observó a su salvador, sorprendida.

—Bienvenida al Nuevo Express, espero que tenga un buen viaje —le dijo el hombre con una sonrisa de oreja a oreja. Tenía las ojeras más oscuras que había visto jamás, como si aquel hombre no hubiera dormido en toda su vida. Vestía una chaqueta de botones oscura, sostenía un bastón y, tapando su estridente pelo morado, lucía un pequeño bombín—. ¿Tiene usted su billete señorita? —le preguntó. Marta habló por primera vez en lo que llevaba de noche.

—Yo... dónde... no... —dijo queriendo responder, pero sin llegar a decir nada. Aunque resultaba sorprendente, lo que podía ver a su alrededor no dejaba lugar a dudas: se encontraba en un tren y, a juzgar por las continuas sacudidas, estaba en marcha. Asustada, se dio la vuelta y volvió a abrir la puerta que acababa de cruzar, esperando encontrarse de nuevo en la ciudad. El hombre la agarró del pantalón, volviendo a evitar que se cayera, pero ésta vez no estaba el suelo, sino la inmensidad del espacio.

No había carretera. Ni rastro de las calles y los edificios; solo los planetas y galaxias se extendían más allá de donde le alcanzaba la vista. El revisor cerró la puerta del vagón y Marta se volvió de nuevo hacia él. Su cara de asombro lo decía todo.

—Señorita, ¿se encuentra bien? Es mi deber, como revisor del Nuevo Gran Express, preguntarle por su estación de destino —le dijo, obteniendo de nuevo el silencio como respuesta. El revisor, temiendo que se tratase de un polizón, insistió—: Como sabrá, este tren viaja a través del tiempo y el espacio, recogiendo todo tipo de viajeros que quieran explorar los confines del universo y que tengan... —le dijo pensativo. Se acercó un poco más a ella y, tras colocarse a pocos centímetros, preguntó de nuevo—: ...Señorita, ¿tiene usted billete? —Ella negó con la cabeza—. ¡Válgame dios! ¿Pero cómo va a ser eso posible? Lo habrá perdido... Sí, debe de ser eso... Lo ha debido de perder, ¿a que sí? —le dijo mientras su pelo empezaba a cambiar de color, al tiempo que también lo hacían sus pupilas. Era como si estuviera impidiendo que algo que guardaba dentro saliera. Intentó calmarse y poco a poco volvió a lucir el mismo pelo color lila estrindente con el que la había recibido—. No saquemos conclusiones precipitadas, déjeme que consulte nuestra lista de pasajeros —le dijo mientras la invitaba a seguirlo. Ella estaba asustadísima.

¿Cómo iba a confiar en aquel hombre? El revisor entró en el vagón que tenía a su derecha, y Marta, viendo que no le quedaba otra opción, lo siguió.

El lugar estaba repleto de asientos que, situados a ambos lados de un estrecho pasillo que lo cruzaba, eran ocupados por pasajeros de lo más variopintos. El revisor lo cruzó alegremente y, con una enorme sonrisa, le ofreció un asiento libre que encontró al final. Ella empezó a caminar tímidamente hacia él, intentando no llamar demasiado la atención, evitando molestar a nadie al pasar. Aunque intentaba no mirar a los extraños pasajeros, la tentación le ganó la partida. Sentado en uno de los asientos, vio a un hombre vestido de negro leyendo el periódico. Un titular en grande anunciaba el posible suicidio de un conocido escritor. La grotesca imagen que acompañaba el artículo, en la que se veía el cuerpo de un hombre tirado en el suelo del baño, la hizo mirar rápidamente hacia otro lado. Aligeró su paso hasta alcanzar al revisor y se sentó en uno de los dos asientos libres que le señalaba.

—Haga el favor de no moverse de aquí. No tardaré en volver —le dijo, para poco después desaparecer tras una cortina. Miró por la ventana esperando que el tiempo pasara rápido.

La Vía Láctea se extendía frente a ella, pequeños cometas se cruzaban entre las estrellas que manchaban la oscuridad del cielo.

Frente a ella, tres niños discutían. La más pequeña, sentada junto a la venta, era una niña con un espectacular pelo rubio rizado; parecía una princesa. Sus pies colgaban del asiento sin lograr tocar el suelo, a diferencia de su pelo, que era tan largo que se amontonaba hecho un nido bajo el asiento. A su lado, un niño algo mayor se ponía un par de patines. Le ayudaba, sentada al lado del pasillo, otra niña de su misma edad.

—No te entran, Nil, no empujes porque los vas a romper —dijo desistiendo de su intento de echarle una mano.

—No me pongas nervioso, Arielle, ¡haz el favor! —le contestó el pequeño enfadado mientras seguía empujando. Se le notaba intranquilo, como si el tiempo corriera en su contra. Arielle observaba continuamente a ambos lados del pasillo, como si tuviera miedo de que apareciera alguien.

—Estamos a punto de llegar, ¡creo que ya lo veo desde aquí! —dijo la más pequeña sin despegar la mirada del cristal. Los tres se amontonaron sobre la ventana para observar, a lo lejos, un pequeño planeta azul. Nil había conseguido ya ponerse los patines y se puso en pie.

—Ceñíos al plan, por favor. Hannah, sobre todo tu —dijo Arielle observando a la pequeña—, ¡que nos conocemos! —ella le devolvió una sonrisa pícara.

Los tres se levantaron de su asiento mientras Marta les seguía con la mirada. Era como si su cerebro hubiera decidido que aquello era más cómodo que empezar a plantearse QUÉ DEMONIOS HACÍA EN UN TREN VIAJANDO POR EL ESPACIO. Los tres niños se perdieron tras la misma cortina por la que el revisor lo había hecho minutos antes. Allí, en una pequeña habitación que servía de paso entre los vagones, empezaron a prepararse. Marta, que se encontraba cerca, abrió un poco la cortina para ver qué estaban tramando.

Mientras Nil repasaba la sujeción de sus patines, Arielle miraba a través del cristal de la puerta que llevaba al exterior y Hannah preparaba un saco enorme de tela junto a ella.

—Lo haremos rápido. Tan pronto pare el tren en la estación, yo bajaré y las recogeré. Antes de que el tren vuelva a ponerse en marcha, ya estaré de vuelta —dijo Nil intentando calmar a Arielle. A diferencia de Hannah, estaba muy nerviosa—. Ten mucho cuidado, ya sabes que son muy peligrosas —le dijo ella.

La bocina del tren avisó de la inminente parada. Poco a poco fueron disminuyendo la velocidad hasta llegar a detenerse por completo. Marta se levantó de su asiento para observar a través la ventana todo lo que ocurría fuera. Vio al pequeño Nil deslizarse con las ruedas de sus patines a lo largo del andén de la estación. Apenas había cuatro señoras mayores que hablaban en corrillo. Como si de una manada de buitres se tratara, todas salieron corriendo asustadas al ver a Nil patinando cerca de ellas. Él las intentaba rodear para que no se alejaran y, en cuanto podía, las agarraba por las piernas y las lanzaba hacia la puerta del tren. Hannah no podía evitar reír al verlas volar y gritar por los aires. Mientras, Arielle, sujetando el enorme saco que había preparado Hannah, las iba recogiendo.

—No seas tonta, todo va a salir bien —le decía a Arielle, que estaba temblando. La niña de los rizos se había colgado del techo y, mientras con una mano se sujetaba, con la otra recogía su pelo con tanta torpeza que se le escapa y acababa cayendo sobre la cabeza de Arielle.

—No será porque tú estés ayudando mucho —dijo esta mientras se lo apartaba de la cara y hacía grandes esfuerzos para que no se le cayera el saco.

—Eres muy tonta, Arielle, ¿sabes? —le contesto Hannah con cara de asco. Ella le contestó con una falsa sonrisa burlona.

El tren empezó lentamente a ponerse en marcha, y Nil, que todavía no había terminado, intentaba cazar la última de las señoras que le faltaba..

—¡Nil, vuelve ya! —le dijo Arielle—. ¡Tenemos suficientes cotorras! —insistió al ver que el niño no le hacía caso. Nil se volvió al escucharla y, justo en ese momento, la mujer tropezó. Aprovechando la oportunidad, Nil corrió hasta alcanzarla y, teniéndola ya bien sujeta por las piernas, la arrastró por el suelo de vuelta hacia donde su hermana le esperaba. Pero el tren ya había vuelto a tomar el vuelo y se empezaba a alejar de la estación. Nil, que no tenía intención alguna de quedarse allí, pegó un salto y empezó a deslizarse suspendido en el aire. La galaxia entera se convirtió en su pista, y, ante la indiferente mirada de todo el vagón, a quienes aquello debía de parecerles de lo más normal, patinó a lo largo de planetas y galaxias sin perder jamás de vista el tren. Desde la nada lanzó su última presa, que salió despedida hasta colarse dentro del saco como lo habían hecho las tres anteriores. Los graznidos de las cotorras, que se peleaban en el interior del enorme saco, interrumpían el eterno silencio del espacio. Poco después, el pequeño lograba alcanzar la puerta donde Arielle le esperaba. Ella ya había atado y guardado el enorme saco y lo recibió con un abrazo.

—Lo has hecho genial, felicidades —le dijo estrujándolo. Mientras la abrazaba, Nil vio algo que le molestó.

—¡Hannah, por favor! ¡Hemos dicho que nada de tonterías! —le gritó a la pequeña tras verla engullir a una de las señoras sin apenas masticarla—. ¡Es que no hace caso! ¡No haces caso! — la increpó llevándose las manos a la cabeza. La pequeña le respondió con un eructo.

Marta, que había vuelto a observarlos a través de la cortina, se incorporó de nuevo en su asiento al ver que volvían.

—¿Te ha gustado? —le preguntó Nil mientras se sentaba para quitarse los patines—. He visto que nos mirabas. —Marta se puso nerviosa.

—Yo... es que... no... don... le... — le contestó.

—Parece que lo tuyo no es hablar —le dijo Arielle mientras ayudaba de nuevo al pequeño a quitarse los patines—. Somos ladrones de chismes, nos dedicamos a recorrer diferentes épocas y lugares en busca de información. Luego trapicheamos con ella. —Miró a Arielle de forma cómplice.

Marta no lograba entenderlo del todo, así que preguntó:

—¿Y esas mujeres?

—Las cotillas han existido en todas las épocas y nos evitan el trabajo sucio. Se enteran de todo, y de ellas conseguimos todo tipo de información: desde secretos de Estado, pasando por chismes de barrio y hasta descubrimientos científicos —le contó mientras lograba sacarle a Nil el último patín—. Como suelen ser gente mundana, poco conocida, nadie las suele echar de menos —continuó diciendo mientras se daba cuenta de que no veía a la pequeña Hannah—. Una vez nos llevamos a un hombre que era muy conocido en su época. No era ni rey ni nada..., pero todo el mundo sabía quién era y tenía mucha información. Le encontramos moribundo, lo habían crucificado y pensamos que nadie le echaría de menos. Bueno, pues no te puedes imaginar la que se montó en esa línea temporal —le contó mientras seguía buscando a la niña bajo los asientos—. Así que desde entonces vamos con mucho cuidado, las cotillas suelen ser uno de los trabajos más fáciles, y alucinarías con la de información que conseguimos.

Yo me llamo Arielle, y este es mi hermano Nil. La que está correteando por el techo es Hannah, nuestra hermana pequeña —dijo mientras la agarraba del pelo y le pegaba un tirón tan fuerte que la pequeña se dio de bruces contra el suelo—. Haz el favor de sentarte en tu sitio como las personas normales —le dijo. Nil se rio.

El revisor volvió a aparecer en el vagón y les interrumpió. Su pelo volvía a cambiar de color, como sus ojos, cada vez a más velocidad. De nuevo parecía molesto o cabreado por algo. Venía hacia ellos sacudiéndose el polvo de la ropa.

—Mira que os lo he dicho veces: nada de animales en el tren. ¡Están prohibidos! —increpó a los tres pequeños.

—¿Y por qué dejan subir a Hannah? —dijo Nil de broma. La pequeña le respondía haciéndole burla.

—¿Y ese hombre de ahí, qué? —los interrumpió Arielle señalando a un hombre con cabeza de gallina que estaba sentado en el otro extremo del vagón. El hombre, sintiéndose aludido, cacareó como muestra de descontento. El revisor desistió de seguir aquella conversación, ya lo habían hablado muchas veces y no conducía a ningún lado. Se calmó, y su pelo con él.

—Bueno, ya vendré luego a por vosotros —les contestó. Metió la mano en el bolsillo interior y sacó de él un pequeño papel doblado. Lo fue desdoblando y, cuanto más lo hacía, más grande era; parecía imposible que un folio tan grande se hubiera podido plegar tanto. En él se encontraba una lista interminable de nombres.

—Veamos, dígame, ¿cómo se llama usted, señorita? —le preguntó a Marta mientras se colocaba su anteojo para leer mejor.

—Marta Paretas —le contestó ella, analizando cada detalle de lo que ocurría. El revisor buscó su nombre.

—Como me temía: usted no está en la lista de pasajeros del tren, y si no tiene billete, tendrá que acompañarme, señorita. Recoja sus cosas, voy a buscarle un sitio nuevo —le contestó mientras le ofrecía su mano para ayudarla. La joven se levantó y, mientras atravesaban de nuevo el tren, los niños se subieron de pie sobre sus asientos para no perder detalle de lo que ocurría.

Mientras cruzaban el vagón, todos los pasajeros les siguieron con la mirada, como si supieran lo que iba a ocurrir. Marta se sorprendió. ¿Qué podía ocurrir que fuera más interesante que tirar a abuelas por el espacio? La indiferencia con la que habían presenciado la caza contrastaba con la actitud cotilla que habían adoptado ahora. Ella, intentando no hacerles caso, caminó sin dejar de mirar el espacio a través de las ventanas, tratando de buscar un punto neutro para no pensar en nada.

—Es bonito, ¿verdad? El espacio fascina a todos por igual. No importa de qué época, lugar o especie seas, eso es algo en lo que todos estamos de acuerdo —le dijo el revisor mientras le invitaba a salir del vagón. El pasillo intermedio entre vagones se mantenía ajeno a las miradas de todos.

El revisor abrió la puerta que daba al exterior y se giró hacia ella. Sus ojos empezaron a cambiar de color de nuevo, como lo hacía su pelo, pero esta vez notó cómo el revisor no hacía esfuerzo alguno por contener aquello que crecía en su interior. Sus ojos se empezaron a hacer más grandes y a girar sobre sí mismos mientras cambiaban de color. Sus zapatos y su lengua también lo hacían.

—Lo siento mucho, señorita, pero no me ha dejado otra opción.

Marta, aterrorizada, se agarró donde pudo. El hombre la agarró con una fuerza sobrehumana y de un tirón limpio la lanzó al espacio infinito.

Ella cerró los ojos esperando notar su cuerpo caer de forma indefinida en la inmensidad del espacio. Pero no fue así. Su nariz se golpeó contra el duro asfalto de la calle.

La voz de Hugo, hablando sobre su reciente salto al veganismo, la tranquilizó.

—Hugo, ¿esa no es tu chica? —dijo Marcos.

—¿Qué chica? —contestó Hugo sin saber a quién se refería.

LA VIEJA

El baño estaba encharcado y la humedad había empañado tanto el cristal que era imposible que nada pudiera reflejarse en él. Todo era viejo, demasiado. La bombilla desprendía una luz verdosa que iluminaba tenuemente el cuarto y que no paraba de parpadear. Pendía del techo sujeta por un único cable que parecía que fuera a soltarse en cualquier momento. Una anciana yacía en la gran bañera llena de barro que ocupaba toda la pared del fondo. Con rostro relajado, descansaba mientras el agua golpeaba su largo cabello, para acabar rodeando su cara y perdiéndose en el suelo. Estaba tan caliente que era difícil distinguirla del sudor. Entre sus mechones nacían caracoles que se movían lentamente, escondiéndose en los remolinos de su pelo. Decir que estaba vestida era ser demasiado benévolo con los viejos y sucios harapos que llevaba;

ni el baño parecía poder desprender de ellos la suciedad que había acumulado con los años.

Aunque el espacio de la bañera era generoso, el cuarto era considerablemente pequeño. Tan pronto como la única puerta que había se abrió, la anciana desapareció y el agua de la bañera dejó de caer al instante. El pequeño Pol, que pensaba que estaba entrando en su cuarto, entró embobado, sin despegar la mirada de la consola. Acababa de cenar y, aunque no se había acabado todo el plato, su padre le había dejado (para disgusto de su madre) que jugara un rato con la consola. Sus gritos discutiendo cesaron tan pronto el pequeño cerró la puerta.

No fue hasta que Pol notó que la pantalla se empañaba cuando decidió levantar la mirada de ella. Se quedó paralizado; aquel no era su cuarto. Sus ojos se fueron posando fugazmente en paredes, retrete y espejos hasta llegar a la bañera, que parecía haber acumulado toda la oscuridad del universo. Aterrado por el estado en el que estaba todo, empezó a dar pasos atrás sin despegar su mirada del suelo encharcado. El sudor empezó a caer por sus mejillas.

—Ma... ¡mamá, MAMÁ! —gritó el chico mientras buscaba el pomo en la pared. La puerta ya no estaba, había desaparecido.

Se dio la vuelta incrédulo y palpó la pared en su búsqueda. Impotente y sin entender qué estaba ocurriendo, empezó a golpearla cada vez con más fuerza, hasta que no le quedaron ganas ni de llorar. Con la sutileza con la que se mueve una serpiente, el sonido del agua al caer volvió a hacerse presente en la habitación. Se giró y dirigió su mirada hacia la bañera, todavía oscura y llena de barro.

—Na..., na, nananá... —empezó a tararear la anciana. Aunque la oscuridad no le dejaba verla, ella seguía allí, entre las sombras.

—¿Ma... má? —preguntó el niño. A medida que se acercaba lentamente a la bañera, su vista se fue acostumbrando a la oscuridad y la curvada silueta de la anciana apareció ante él.

—¿No quieres comer, pequeño? —le preguntó la anciana, girando la cabeza hacia él con evidente esfuerzo—. ¿Crees que te has salido con la tuya? —le dijo.

—No, no, no... yo... no... —titubeó Pol.

—Acércate, yo me encargaré de todo. No seas un niño malo. ¿Sabes qué les hago a los niños malos que no hacen caso a sus padres? No, no quieres saberlo. Anda, déjate de tonterías, quítate la ropa y entra aquí conmigo —volvió a insistirle. La cara de la anciana estaba cada vez más encendida, su mirada más abierta, su mandíbula más descolocada. A cada palabra que decía, más babas recorrían sus labios, cayendo como gotas de agua hasta el suelo—. ¡VEN! —le gritó, haciendo que una gota de saliva acabara en la cara del chico.

Pol se limpió con la mano y, tembloroso, observó las babas que le colgaban de ella, mucho más espesas de lo normal.

—¡Puaj! —dijo sacudiendo la mano para liberarse.

—No hagas ruido o nos escucharán los buitres que se están apareando —susurró la anciana riendo, mientras empezaba a hacer amagos de salir de la bañera. Viendo que el niño no tenía intención alguna de entrar, alargó su mano y tiró de él violentamente hacia el interior.

—¡No! ¡Suéltame! ¡No quiero! ¡Suéltame! —gritó Pol con todas sus fuerzas, mientras intentaba agarrarse a cualquier saliente. La anciana había resultado más ágil de lo que parecía. Pol apenas tuvo tiempo de reaccionar: cuando se quiso dar cuenta, ya lo había agarrado por el pantalón del pijama y se encontraba en el interior de la bañera. Sus pies se trabaron y apenas podía moverse.

—Estás lleno de arrogancia, pero tranquilo, ¡yo te dejaré limpio! Te quitaré toda la mala educación de encima —le gritó la vieja. El agua lo dejó totalmente empapado. Levantó la mirada y se encontró con la anciana tan cerca que el olor a podrido que desprendía se le hizo insoportable. Era como si millones de personas hubieran vomitado sobre ella.

Pol se desmayó.

Sería difícil decir cuánto tiempo pasó hasta que se despertó y recuperó la consciencia. Sentado sobre el retrete, utilizando uno de sus brazos como cojín y tapado por un montón de periódicos, empezó a recordar vagamente lo ocurrido. Todavía somnoliento, abrió los ojos y tiró los papeles al suelo. Aquello no había sido un sueño.

La estancia volvía a estar en silencio. Aun con el grifo cerrado, un calor húmedo inundaba toda la habitación. Se fijó en la pared a su izquierda: ni rastro de la puerta todavía. Se volvió hacia la derecha y miró el interior de la bañera: ni rastro de la anciana. Al intentar levantarse, se dio cuenta de que le dolía la pierna. ¿Se había caído en la bañera? Apenas la podía apoyar. Poco a poco fue descubriendo en su cuerpo diversos moratones, como si hubieran estado dormidos y se fueran despertando lentamente. Era como si le hubieran

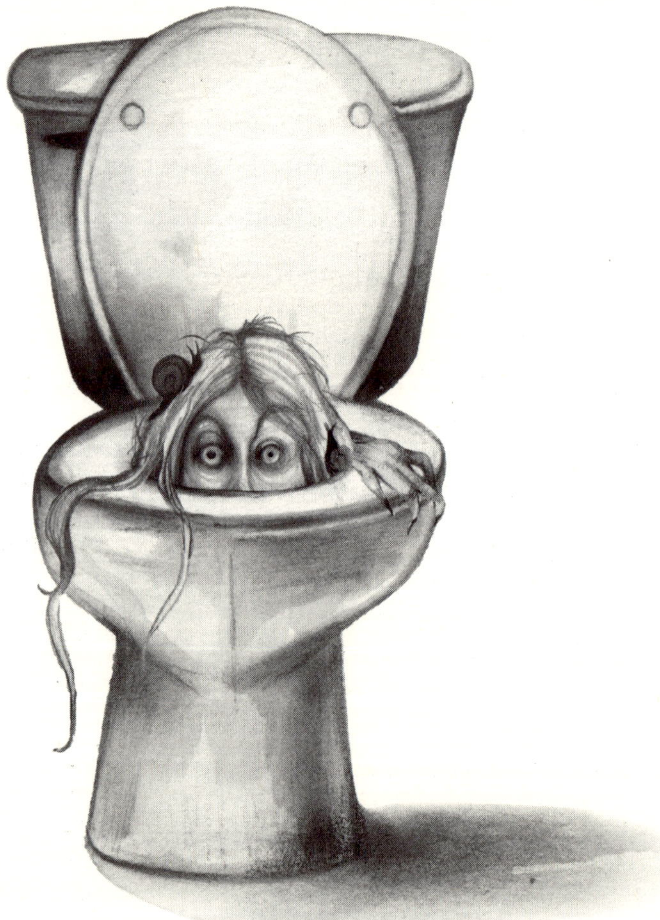

dado una paliza y no recordara cómo. Sosteniéndose contra las paredes y sin posar la pierna en el suelo, consiguió dar unos pasos y acercarse al espejo que tenía enfrente. Observó que el vaho empezaba a dejar entrever un mensaje:

—Ethan Moore está despierto —leyó Pol lentamente, a medida que iban quedando claras cada una de las letras. No tenía ningún sentido, como todo en aquel lugar. ¿Dónde estaba su cuarto? ¿Por qué no podía salir de allí? ¿Quién era aquella señora y por qué quería hacerle daño?

—Parece ser que tenemos un niño travieso hoy —dijo una voz tras él. Se volvió y del interior del retrete en el que había despertado vio salir la cabeza de aquella horrible señora. Pol se pegó contra la pared, aterrorizado—. Parece que no aprendes. No quieres comer ni bañarte, y ahora en vez de dormir te pones a dibujar en el cristal. Tendré que ver cómo resolvemos esto... —susurró la mujer, sacando las últimas partes de su cuerpo del interior del inodoro.

—No, por favor, lo pido por favor, pare, señora, se lo pido por favor. ¿Por qué me hace esto? ¿Por qué me ha hecho esto? —le respondió Pol entre lágrimas.

—Porque no aguanto a los niños maleducados que no hacen lo que sus madres quieren. A veces los padres no son lo suficientemente severos con vosotros porque sienten amor. ¡Bah! No eres más que un mocoso llorica —le dijo en tono jocoso—. ¡Quiero oírte llorar! ¡QUIERO VER CÓMO LLORAS! —acabó gritándole.

Pol no podía tener las mejillas más húmedas y enrojecidas.

—P... p... erdón, señora, perdóneme —balbuceó.

—Parece que alguien empieza a tener modales —contestó ella—. Te lo pondré fácil. Demuéstrame que eres un chico listo; los chicos listos me caen bien. Si respondes correctamente a mi pregunta, no te volveré a castigar —le dijo la anciana en un tono mucho más agradable, como si nada hubiera pasado. Ahora en su rostro se empezaba a dibujar una sonrisa, y sus movimientos eran mucho más suaves, como si intentara parecer amable—. Es sencillo, los buenos chicos son listos, y si eres un buen chico, no te costará contestar —puntualizó.

—Claro, señora, soy un chico muy listo, señora —contestó Pol sin entender el repentino cambio de actitud.

—Así me gusta, pequeño, que me hagas caso. Veamos, qué tenemos por aquí... —dijo mientras rebuscaba entre los trapos que usaba de ropa—. ¡Oh! *Quelle coïncidence!* Creo que justo por aquí tenía... —susurró mientras dejaba encima del retrete un montón de folios viejos y arrugados—. Veamos... aquí está. ¿Cómo se te dan los acertijos, niño? —dijo sosteniendo un folio entre sus manos. La anciana se sentó encima del montón de papeles, como si de un trono se tratara, y se dispuso a leer el que sostenía.

—Somos dos hermanas
con las que siempre dormirás.
Y, aunque tenemos nombre de juguete,
ni se te ocurra ponernos a jugar.
Tenemos cabeza de medusa,
pero no te morderemos jamás,
aunque los abrazos no se nos dan tan mal —leyó la anciana.

Pol se secó el sudor de la frente.

—Somos dos hermanas... no nos gusta jugar... los abrazos no se nos dan tan mal —repitió para sus adentros intentando buscar la respuesta. Tenía que estar por algún lado. El abuelo de Pol había jugado con él mil veces a resolver acertijos, solo tenía que poner en práctica lo que había aprendido—. ¿Puedo hacerle una pregunta, señora? —preguntó a la vieja.

—Claro, adelante, pero cuidado al formularla, porque solamente te contestaré con un sí o un no —le contestó mientras deslizaba suavemente una de sus huesudas manos sobre su pierna y empezaba a rascarse con fuerza.

—Las hermanas... tenían cabeza, pero ¿podían respirar? —preguntó Pol dubitativo. La anciana se rascaba la pierna cada vez más fuerte y sus ojos estaban más abiertos que nunca.

—¡No! No podían respirar —le dijo sonriendo y sin contener su excitación, como si le hubiera encantado que le preguntara eso. Pol se armó de valor: creía que tenía la respuesta.

—¿Habla usted de las muñecas, señora? —dijo apuntando a los brazos de la vieja—. Son dos hermanas que siempre nos acompañan, hasta cuando dormimos. Que tienen una mano como cabeza y que está llena de dedos, muy parecido a las serpientes que tiene en la cabeza Medusa. Además, también nos sirven para abrazar. ¿Es esa la respuesta correcta, señora? —dijo Pol con impaciencia.

La vieja se levantó de repente, tirando por el suelo el montón de papeles en el que estaba subida, y se dirigió hacia el niño. Metió la mano entre los remolinos de pelo que tenía en la cabeza y sacó de allí una cuchara. Se la mostró al niño zarandeándola de un lado a otro, como si estuviera pintando con un pincel en el aire.

—Muéstrame las tuyas. ¡En-sé-ña-me tus muñecas! —le dijo a Pol como si se tratara de una cancioncilla infantil.

El niño extendió los brazos. El pijama le venía un poco pequeño, así que las muñecas le quedaron al descubierto. La anciana le sujetó la mano derecha y la levantó para observarla detenidamente. Con un movimiento suave, le dio un pequeño toque con la cuchara en la muñeca que sostenía. Pol empezó a gritar de dolor. La anciana no paraba de reír.

—¡Respuesta correcta, pequeño! Las muñecas son mi tortura favorita. Un solo toque en el lugar exacto, ¡y su dolor puede ser el más insoportable que hayas imaginado! —le gritó mientras seguía riendo, correteando y saltando de felicidad por todo el baño. Pol estaba en el suelo, sujetándose la muñeca y mordiéndose los labios para contener el dolor. De repente, la puerta volvió a estar donde había estado.

—¡Corre! ¡Lárgate! Y si no quieres que vuelva a por ti, haz caso a tus padres —escuchó que le decía la anciana. Pol, con la mano hinchada y colgando, no lo dudó ni un momento y se lanzó hacia la puerta, la cruzó y la cerró con todas sus fuerzas.

—¡Mamá! ¡MAMÁ! —gritó una vez estuvo fuera, pero nadie contestó.

Viendo que la vieja no hacia esfuerzo alguno por abrir la puerta y que era imposible volver a abrirla, se volteó y miró a su alrededor. No estaba en casa, un pasillo largo se extendía ante él repleto de puertas a ambos lados.

Se acercó a una de ellas y la abrió con cuidado. En su interior vio lo que parecía una familia discutiendo. La madre se levantaba de sus sitio enfadada y le gritaba a su hija. Ella, que sostenía unas tijeras, intentaba plantarle cara sin éxito. Su madre, que cada vez estaba más enfadada, se estaba convirtiendo en un monstruo horrible. Pol no lograba escuchar lo que decían, así que abrió un poco más la puerta. El sonido de la madera al crujir le delató, haciendo que las dos se volvieran hacia él. Alguien por detrás le agarró del pijama y tiró de él mientras madre e hija se volvían para ver qué ocurría. La puerta se cerró y se volvió a encontrar de nuevo en el pasillo, pero esta vez no estaba solo.

—¡Pero bueno! —escuchó que alguien decía—. ¿No sabes que es peligroso abrir estas puertas?— El maullido de un gato fue lo último que escuchó antes de volver a desmayarse.

EL ÚLTIMO CONCIERTO

Pocas agencias de mensajería se atrevían a adentrarse en el Barrio de Mols por lo peligroso del sitio, y mucho menos tan entrada la tarde. James trabajaba para una de las pocas que, desgraciadamente, sí lo hacía. Apenas le quedaban tres minutos para terminar la jornada y, con la ayuda de su inseparable vespa, se veía capaz de entregar el último de los paquetes antes de que dieran las ocho.

El callejón no podía estar más oscuro, era como si toda la oscuridad del mundo se hubiera reunido allí esa noche. Dos hermanas acaban de salir de un antiguo cine y volvían a casa atravesando Odd New Street a pie. Ambas vivían juntas en un pequeño y viejo piso desde que sus respectivos maridos habían muerto.

—Isa, no te vuelvo a hacer caso, la próxima vez elijo yo la película —dijo la más bajita.

—No te ha gustado porque no la has entendido, eres muy tonta para entender el buen cine —le contestó Isa.

—Mira, no me insultes —le dijo Asun—, que me pongo muy nerviosa y ya sabes lo que me ocurre...

—Que te entra el hipo —dijo Isa.

—¡Ni me lo nombres! —le recordó Asun nerviosa—. ¡Tengamos la fiesta en paz! ¡Haz el favor!

—Qué tonta te pones a veces —le contestó su amiga.

—¡Hip! ¿Ves? Culpa tuya, como siempre —le recriminó.

De repente, sin saber muy bien de dónde, una sombra apareció ante ellas amenazándolas con un cuchillo. Vestía una sudadera oscura y llevaba puesta una capucha que le ocultaba la cara.

—¡Denme todo lo que llevan! ¡Quiero hasta la última de las joyas! —les gritó mientras sacudía el cuchillo con un inquieto vaivén. El grito que emitieron las dos al unísono fue tan escandaloso y coordinado que parecía que lo hubieran ensayado.

—No sé qué estás buscando, jovencito, pero en nuestros bolsillos no encontrarás perlas preciosas, lo poco que ves colgando es falso —le dijo Isa con los brazos levantados.

Tiene razón, no tenemos nada que darte —concluyó Asun. El ladrón, viendo las estrafalarias ropas y collares con las que vestían las dos, dudó, pero finalmente no les creyó.

—Ya están ustedes quitándose los colgantes esos y dándomelos ahora mismo —insistió el ladrón, poniéndose más nervioso.

—Cálmate chico, que te va a dar algo —le dijo Isabel mientras se quitaba el collar de perlas de plástico que había comprado hace algunas semanas en un supermercado del barrio.

—Cualquier día de estos nos quedamos sin empastes, es que la gente ya no sabe qué robar —le contestó Asun mientras hacía lo mismo que su hermana.

El ladrón se apropió de aquellas baratijas y se marchó con una sonrisa, fantaseando con el dinero que podrían llegar a darle por aquello. Apenas se le veía ya en la oscuridad de la calle cuando un joven repartidor aparcó su vespa frente a ellas.

—¿Están ustedes bien? He oído un grito y me ha parecido que estaban en peligro —preguntó James, amablemente, sin despegarse del paquete. Había visto todo lo que había pasado a lo lejos y se había acercado a ayudarlas.

—¡A buenas horas apareces! ¡Por ahí se han llevado los ahorros de toda una vida! —le contestó Isa, rápidamente, al darse cuenta del buen porte que tenía James. Le perdían los jovencitos. Su hermana, que no entendía lo que pasaba, acabó recibiendo un codazo cuando Isa se dio cuenta de que no le seguía el rollo.

—Ah... eh... ¡QUÉ DESGRACIA! ¡NOS HAN ROBADO LAS JOYAS! —gritó Asun, continuando el teatro que había puesto en marcha su hermana.

—¡Y LA DIGNIDAD! —continuó diciendo Isa mientras miraba el culo de James de reojo.

—¿La dignidad también? —le preguntó su hermana—. ¡SÍ, CLARO! ¡Nuestra preciada flor ha sido perpetuada por varios malhechores! ¡HA SIDO HORROROSO! —continuó al darse cuenta de que casi la volvía a cagar.

James se sentía muy mal por no haber llegado a tiempo, así que se ofreció a acompañar a las hermanas a una estación de policía que había por allí cerca, a pesar de que sospechaba que las señoras le estaban tomando un poco el pelo. Apenas tuvieron que caminar un par de calles hasta encontrarla. Las dos hermanas estaban encantadas de agarrarse a los fuertes brazos del joven, que tenía que hacer grandes esfuerzos para no caerse. Una vez allí, James entró primero para aguantarles la puerta. Sin embargo, pocos segundos después, esta golpeó la nariz de ambas hermanas a la vez.

—¡Ahhhh! —volvieron a gritar al unísono—. ¿Es que no sabes sujetar una puerta? Serás muy guapo, pero eres muy torpe —dijeron mientras se acariciaban su dolorido rostro. El policía de guardia, que se encontraba ordenando papeles tras su escritorio, levantó la vista hacia ellas sin entender qué ocurría.

—¿Dónde se ha metido? —dijo Isabel al no ver por ningún lado al repartidor—. ¿No ha visto usted entrar a nadie antes que nosotras, señor agente? —le preguntó al oficial tras asomarse a la calle para comprobar si estaba allí.

—Señoras, no ha entrado nadie antes que ustedes —les dijo. Las hermanas se miraron incrédulas.

Llovía demasiado, quizás tanto que nadie recordaba cuándo había empezado a hacerlo. En el viejo teatro, todas las luces estaban encendidas y la gente se congregaba a ambos lados de la alfombra roja que iba a servir de paso a las estrellas. Tras varios años retiradas, las hermanas Chomet iban a ofrecer un último concierto. Toda la élite social había acudido al evento, y por la alfombra roja ya podía verse pasear a políticos, artistas y todo tipo de celebridades. Hacía treinta años que no actuaban y, a pesar de la huella que había dejado el tiempo en sus cuerpos, todo el mundo se moría de ganas por escuchar sus voces juntas una última vez.

Un colosal letrero, formado por bombillas que dibujaban su nombre, brillaba en mitad de la nada como un soplo de vida en una de las calles más oscuras que James había visto jamás. Se giraba constantemente hacia la cabina de teléfono de la que acababa de salir, esperando estúpidamente encontrar allí una comisaría de policía. Con el paquete todavía en la mano, se acercó hacia el teatro esperando que alguien pudiera explicarle qué había pasado o dónde demonios se encontraba. Levantando la cabeza entre la multitud que se agolpaba, vio llegar y desfilar a una mujer altísima con unas uñas tan largas que, al arrastrarlas, se confundían con la cola de su vestido. Tras ella, firmando autógrafos, se encontraba un hombre mayor acompañado de tres jovencitas muy ligeras de ropa. Las limusinas no paraban de llegar, una tras otra, y los personajes que bajaban de ellas eran cada vez más sorprendentes. Cuando consiguió despegar la mirada de aquel desfile tan estrafalario, intentó llamar la atención de la gente que tenía a su alrededor.

—¿Alguien sabe dónde estamos? ¿El barrio de Mols? ¿Alguien podría ayudarme, por favor? —preguntó repetidamente. La gente estaba tan centrada en intentar conseguir una foto o un autógrafo de sus estrellas favoritas que nadie se dio cuenta ni de que estaba allí. Cansado de intentarlo y de recibir empujones como respuesta, se alejó de la entrada. Al pasar por uno de los callejones que rodeaba el teatro, le pareció escuchar un ruido. Se detuvo con la esperanza de encontrar a alguien allí que le pudiera ayudar. Pegadas a una puerta, alejadas de los focos, las hermanas Chomet esperaban el inicio del espectáculo bajo la luz de una farola.

Luna Chomet era la mayor de las tres, y sus movimientos eran tan lentos que nadie entendía cómo seguía viva. Estirada en una *chaise longue* de piel que alguien había sacado al callejón, se relajaba mientras inhalaba el humo de un cigarrillo. Lucía un vestido largo de color morado con transparencias que, lejos de ocultar su enorme barriga, la dejaba ver claramente. Miranda Chomet, la hermana pequeña, estaba sentada en uno de los bordes leyendo un viejo libro lleno de polvo. Lucía un vestido amarillo ceñido, y lo acompañaba con una enorme pamela a conjunto. Siempre daba problemas, sus hermanas estaban acostumbradas a que sus ideas fueran el foco de todos sus problemas. Pero, por una vez, parecía que esta noche no iba a tener la culpa. Golpeándose la cabeza contra la pared estaba Sena, que era poco mayor que Miranda y tenía menos luces que las otras dos juntas. Se había olvidado su traje en casa y se estaba castigando por ello.

—No te castigues tanto, anda, que no es el fin del mundo —le contestó su hermana sin despegar la vista del libro.

—¡Matadme ya! ¡No merezco vivir en este mundo! —gritó Sena mientras seguía golpeándose. La sangre ya empezaba a gotearle por la cara.

—En eso tienes razón, pero, ya que estás viva, intentemos que sea lo más llevadero que se pueda hasta entonces —le contestó Miranda riéndose desde el sofá.

—Tu ríete..., pero no soy yo la que no tiene solo... —le contestó su hermana devolviéndole el golpe. Mientras sus hermanas sí disponían de un par de momentos en los que podrían lucirse durante el *show,* su mánager había prohibido a Miranda hacer uno. Le costaba mucho controlar su voz, y no habían sido pocas las veces que había hecho sufrir a la audiencia.

—¡Callaos ya! ¿No había ido un cartero a buscar tu traje? —les interrumpió su hermana mayor. A veces Luna parecía su madre.

—¡Pero es imposible que llegue a tiempo! ¿¡Y ahora qué me pongo!? —dijo girándose hacia sus hermanas. Sena despegó su mirada del libro y miró a su alrededor en busca de ideas. El maullido de un gato interrumpió la escena.

—¡Ni hablar! ¡NO, SEÑOR! —dijo Luna adivinando en qué estaba pensando su hermana pequeña—. ¿Es que siempre tienes que tener esas ideas? ¡Antes la vestimos con una bolsa de basura!

Miranda se levantó de repente y se abalanzó sobre el gato, que salió disparado hacia el principio del callejón, y pasó por debajo de los pies de James, que se acercaba hacia ellas.

—¡Cógelo! —le gritó Miranda mientras intentaba, torpemente, no pisarse el vestido amarillo, pero el gato ya se había perdido entre la gente que se amontonaba a las puertas del teatro.

—Yo... yo... no... —dijo intentando disculparse. Sena y Miranda se sentaron a ambos lados de su hermana mayor sin despegar la mirada de él. Parecía como si formaran parte de una coreografía orquestada, como si de una obra de teatro se tratara.

—¿Sabéis cómo puedo llegar al Barrio de Mols? —preguntó James, tímidamente, sabiendo de antemano que no iba a obtener respuesta. Algo dentro de él le decía que se encontraba muy lejos de su ciudad.

—¡El paquete! —dijeron las tres hermanas casi a la vez. Sena se abalanzó sobre la caja que James todavía llevaba en las manos y se tiró al suelo para abrirla. Sus manos, como zarpas, empezaron a despellejar el cartón esperando encontrar su preciado vestido. La cara de desilusión de Sena al descubrir que en su interior solo había un sapo de peluche fue demoledora—. ¡¿Dónde está mi vestido?! —le gritó al mensajero.

—¡Este paquete no es para usted! —le contestó James indignado. Ahora tendría que rendir cuentas con su empresa. A ver cómo les explicaba aquello sin que le llamaran loco...

—¡Por supuesto que no! Yo jamás compraría un peluche tan horrible —le dijo Sena enfadada. Un hombre mayor se asomó a través de la puerta que llevaba a los camerinos para avisar a las Chomet de que el *show* estaba a punto de empezar. Las tres hermanas entraron al teatro dejando sus pertenencias abandonadas en el callejón, pero se llevaron el sapo. James las siguió; iba a recuperar aquel peluche fuera como fuera.

Tan pronto entró, las perdió de vista; había demasiada gente corriendo de un lado a otro. Pudo ver a bailarines, maquilladores, músicos, trapecistas, todo tipo de artistas y gente del espectáculo que se preparaba entre bambalinas para apoyar la gran noche de las Chomet. James consiguió abrirse paso hasta uno de los laterales del escenario. En el lado opuesto podía ver a las tres hermanas arreglándose para salir. Parecía que Sena al final había podido conseguir un vestido negro; no era del mismo corte que el de sus hermanas, pero se le parecía bastante. El público se calló y un señor altísimo vestido de traje salió para darles la bienvenida.

—Señoras y señores, hoy tengo el placer de presentarles el último espectáculo que las hermanas Chomet han accedido a hacer tras veinte años retiradas de la escena pública. Esta es una ocasión única para disfrutar por última vez del maravilloso talento y de las portentosas voces de estas tres estrellas —les dijo a los espectadores, que estallaron en aplausos. Las luces se apagaron en todo el teatro y un pequeño foco iluminó el centro del escenario. Un viejo televisor mostraba antiguas actuaciones de las hermanas en blanco y negro. Se las veía tan jóvenes y llenas de vida que se hacía difícil reconciliar su imagen con las ancianas en que se habían convertido. Era casi imposible que la mayoría del público pudiera verlas desde sus butacas, pero el sonido de sus voces era suficiente para provocarles nostalgia.

Tras la televisión, una sombra apareció en la oscuridad y apoyó el brazo sobre el viejo aparato. Su voz empezó a inundar todo el teatro con una suave melodía. Era Luna, que había empezado a entonar la letra de una de las canciones más conocidas, «Frío de invierno». A su voz se fueron uniendo lentamente la de sus hermanas, que poco a poco aparecieron a cada lado.

Ante la atónita mirada de James, la gente del público se levantó para ponerse los abrigos. De la nada empezaron a caer pequeños copos de nieve dentro del teatro y, a los pocos minutos, la temperatura de la sala había bajado varios grados.

James no encontraba explicación, no encontraba truco en aquello. Cuando las primeras notas de «Pena» empezaron a sonar, pudo ver cómo todo el anfiteatro rompía a llorar, y no fue hasta que empezaron a cantar «Un verano en la playa» que los asistentes se tranquilizaron. Las canciones se iban sucediendo y James parecía tener el rostro cada vez más descolocado. ¿Cómo podía ser posible que aquello estuviera ocurriendo ante sus ojos?

Llegó el turno de una de sus canciones más aplaudidas, el éxito que había hecho que todo el mundo las conociera y se convirtieran en el icono de toda una generación: «Te echo de menos». Tan pronto empezaron a sonar los primeros compases, la gente la reconoció y empezaron a mirar a todos lados como esperando que ocurriera algo. De repente, en los diferentes pasillos que dividían la platea empezaron a aparecer personas de todas las edades. Sus cuerpos, luminiscentes, no permitían que nadie los pudiera tocar. Todos se levantaron para acercarse a aquella persona que habían perdido, a quien echaban tanto de menos, con la esperanza de volver a verlos por última vez. No hablaban, no podían pronunciar palabra. Muchos, que quizás no se habían podido despedir de sus seres queridos o que se habían quedado con ganas de decirles algo, conseguían por fin esa paz interior que necesitaban.

El concierto parecía llegar a su fin, y, tras una ronda de agradecimientos a toda la gente que les había ayudado en su carrera, las hermanas anunciaron que iban a regalarles una última canción y que esta iba a ser totalmente nueva.

A pesar de llevar más de una hora de espectáculo, las tres hermanas todavía se movían con soltura y agilidad; no tanta como cuando eran jóvenes, pero la suficiente como para que cualquiera se diera cuenta de que estaban disfrutando mucho.

La letra de su nueva canción contaba la historia de una jirafa que era diferente a las demás: su cuello era tan largo que podía alcanzar cualquier cosa que se propusiera. Tanto fue así que se enamoró de la luna y, viendo que jamás contestaba a sus poemas, juró estirar su cuello lo suficiente como para poder comérsela.

De repente, todas las miradas se desviaron del escenario hacia el techo del teatro, que parecía haber desaparecido. Sobre ellos se extendía la noche, sus estrellas y una enorme e inigualable luna llena. Todos observaban atónitos aquel maravilloso espectáculo cuando el enorme cuello de una jirafa que no paraba de estirarse surgió desde detrás de las paredes del teatro. Como si se tratara de un dulce manjar que dosifi-

car, el animal la fue devorando poco a poco, mordisco a mordisco, hasta convertirla en menguante. Los asistentes rompieron en aplausos.

Las tres hermanas parecían felices con aquel final tan espectacular. Sus voces se unieron en los últimos versos de la canción, en los que la jirafa se disculpaba con la luna por lo que había hecho, cuando Miranda decidió improvisar las últimas frases de la canción. Era su momento, sus hermanas habían tenido el suyo y ahora le tocaba a ella.

Bella luna menguante,
no llores, por favor.
Con el brillo de tus estrellas
volverá tu plenitud.

La jirafa avergonzada
por el daño a su amada,
se volvió a quien aplaudió,
y de un bocado se los comió.

Como si de una olla llena de comida se tratase, la jirafa introdujo su cabeza en el teatro y empezó a arrancar a varios de los espectadores de sus asientos para devorarlos. La gente intentaba salir, correr, pero era casi imposible acceder a los pasillos; el teatro se había convertido en una cárcel sin salida. La gente caía al suelo y era pisada por otros muchos que intentaban salir. El ambiente era desolador, los aplausos y vítores habían dado paso a los gritos de sufrimiento. La jirafa estaba disfrutando de un auténtico festín, su cuello le permitía moverse rápidamente e ir agarrando gente de todas partes de la platea.

Para cuando sus hermanas decidieron detener a Miranda, ya era tarde para muchos de los que habían venido a disfrutar del espectáculo.

James, horrorizado, decidió escapar entre bastidores y volver al callejón. A través de los camerinos, la gente seguía corriendo de un lado a otro, aunque esta vez lo hacían presas del terror. El suelo temblaba: los golpes que la jirafa había propinado en el teatro estaban haciendo que los cimientos del edificio se tambalearan.

Incapaz de encontrar la salida, descubrió el sapo de peluche que antes le habían robado las hermanas apoyado en una puerta. Se agachó para recogerlo y, en cuanto se levantó, la puerta se abrió ante él. No fue hasta que la cerró tras de sí que se dio cuenta de que le había vuelto a pasar. Durante unos minutos se quedó agarrado a la puerta, como intentando evitar que nadie la abriera. Pero inmediatamente se dio cuenta de que los gritos y los pasos de la gente corriendo por todos lados habían desaparecido. Igual que los temblores, ni rastro del caos; era como si estuviera en otro lugar. Se giró y vio un largo pasillo lleno de puertas extenderse frente a él.

Intentó volver a abrir la puerta por la que había pasado, pero ahora parecía cerrada. Su cabeza se estaba empezando a acostumbrar a no entender nada.

—Disculpa, ¿sabes cómo se sale de aquí? —le preguntó una voz. Se dio la vuelta y se encontró frente a una joven visiblemente cansada cargando una maleta—. Soy... Bri... Bridget. Llevo horas dando vuelta por estos pasillos, pero.... ¡AH! —gritó al ver el peluche que James llevaba bajo el brazo—. ¡Un sapo! ¡UN SAPO! ¿Tú no trabajarás en la cocina, no? —le preguntó aterrorizada.

—Bueno, a juzgar por tu delantal, eso te lo debería preguntar yo a ti —le contestó bromeando por lo absurdo de la situación.

El ruido de una multitud acercándose a lo lejos les interrumpió.

—¿Qué hacemos? —preguntó Bridget nerviosa—. ¿Nos escondemos?

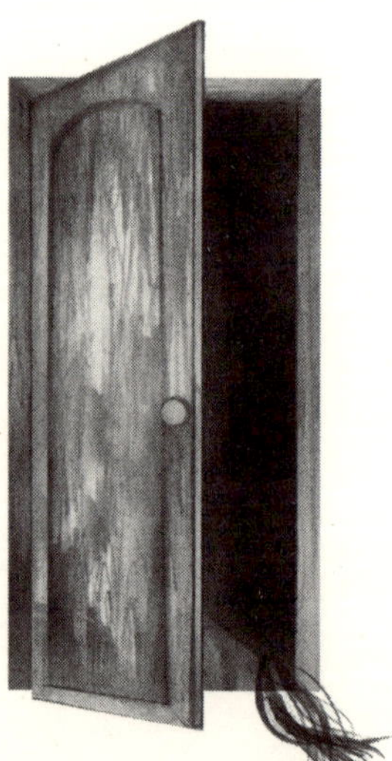

LOS GOLDEN

De todas las familias del barrio, los Golden eran de lejos la más envidiada. Su majestuosa mansión coronaba la larga fila de casitas que se erguían a ambos lados de Windoo Street. Tilda Golden era una mujer educada en la más alta sociedad, a diferencia de su marido, así que siempre se había visto en la responsabilidad de corregir todos aquellos fallos que ella le achacaba a su origen humilde. Mientras él pasaba todo el día en la oficina, ella tenía tiempo de arreglar la casa, ir al mercado a comprar, entrenar y tomar el té todas las tardes con sus vecinas. Fue en una de esas reuniones, que cada día se celebraban en una casa diferente del barrio, donde anunció su reciente embarazo.

—Roger y yo estamos esperando una niña —dijo aquella tarde mientras el resto de vecinas, casi sincronizadas, dejaban las tazas de té sobre la mesa y se levantaban a abrazarla. Todas tenían consejos para ella, e incluso algunas se ofrecieron voluntarias para ayudarla a preparar la habitación de la pequeña.

Lo cierto es que los Golden no sabían si iba a ser niño o niña. Tilda estaba tan obsesionada con tener una niña que había dado por supuesto que sus ganas de ser madre de una pequeña eran más fuertes que cualquier decisión genética.

A los pocos meses llegó el día y, tras un largo y aparatoso parto, nació Chloe Golden en una pequeña clínica del barrio.

Como cualquier otro bebé, fue creciendo y descubriendo, con el paso de los años, el mundo que le rodeaba. Desde pequeña le había gustado mucho la música, su cuarto estaba plagado de partituras que adornaban las paredes. En el colegio sacaba muy buenas notas, y en su tiempo libre había desarrollado un increíble talento al piano con el que deleitaba a las vecinas en muchas de sus reuniones. Era una hija ejemplar.

A Tilda Golden le encantaba el pelo de su pequeña, que era largo, oscuro y fuerte. Aunque Chloe no lo disfrutaba, a su madre le encantaba hacerle diferentes peinados. Jamás olvidaría el que le hizo un diciembre, con apenas 6 años, para la última excusión que el colegio de Big Tree tenía planificada para sus alumnos. Chloe estaba muy ilusionada, le encantaban los animales e iba a pasar la noche en el acuario con sus compañeros. Dormir rodeada de peces, como si de una burbuja bajo del mar se tratara; la idea le fascinaba. El dolor de cabeza que le causaba el moño que la señora Golden le había hecho no iba a arruinarle la salida.

Aquella noche, los Golden durmieron poco y mal. Algunos lo habrían achacado al apego que cualquier padre tiene a sus hijos, a lo difícil que es verlos crecer. Era la primera vez que los Golden dejaban a su hija pasar tanto tiempo con sus amigos sin ellos cerca. Lo cierto es que, cuando al día siguiente Chloe volvió a casa, lo hizo cambiada, y sus padres lo notaron.

—Hola Chloe... ¿Todo bien? ¿Dónde está tu padre? —preguntó la señora Golden al ver la cara de pena con la que entraba su hija en la cocina. El sonido del coche del señor Golden cerrando la puerta del garaje respondió a su otra pregunta.

—Mamá..., vengo un poco cansada y quiero dormir —le contestó mientras dejaba la mochila y cogía una de las galletas recién hechas que su madre acababa de sacar del horno.

—Bueno, anda, échate un rato, yo te aviso para la cena —le dijo.

—¡Puaj... Mamá, estas galletas están asquerosas! Si sabes que no me gustan, ¿¡para qué las pones!? —le gritó a su madre.

—¡Vaya carácter estás sacando! No sé a quién habrás salido... —dijo ella mientras una leve sonrisa cómplice se dibujaba en su cara.

Todos los años, Tilda Golden, tras una cena de Nochebuena en familia, invitaba a todos los vecinos de Windoo a un goloso postre mientras disfrutaban del calor que desprendía la majestuosa chimenea que cuidadosamente prendía su marido. El salón de la casa se llenaba de invitados que venían a ver con qué repostería les iba a sorprender. Este año estaba convencida de que sus galletas iban a sorprender a más de uno; las había preparado con sumo mimo. Siempre había querido que su familia fuera un estandar de normalidad, clase y estatus en el barrio, y creía que con ese tipo de eventos, donde controlaba cada pequeño detalle, lo conseguía.

Horas más tarde, y con la comida ya encima de la mesa, Tilda volvía a llamar por enésima vez a su hija.

—Roger, haz el favor de ir a buscarla porque se nos va a enfriar la sopa —le pidió a su marido. Subió las escaleras y, tras abrir la puerta del cuarto, se encontró a su hija sentada en la cama, con el pelo recogido, acariciando una de sus muñecas.

—¿No has escuchado a tu madre? —le dijo Roger—. Recuerda quién viene esta noche, tienes que portarte bien... —añadió el señor Golden. Bajaron juntos de la mano y se sentaron en las enormes sillas que rodeaban la alargada mesa del salón.

—Chloe, no nos has contado nada de la excursión, ¿cómo ha ido? —le preguntó su madre mientras llenaba de vino la copa de Roger. Al lado de la chimenea y del sofá, un majestuoso piano de cola coronaba la estancia.

—Bueno, bien. Hemos visto delfines y peces tropicales de muchos colores, algún pulpo... —contestó la pequeña con tono desanimado, como si no tuviera interés en contar demasiado, pero como si quisiera que no se lo notaran. El silencio se apoderó de la cena, la incomodidad se palpaba en cada sorbo que alguien daba a la sopa.

—Papá, ¿te puedo a hacer una pregunta? —le preguntó la pequeña con tono afable—. Papá, ¿vosotros me queréis? —le preguntó sin despegar la mirada de la cuchara. Una lágrima empezaba a caer por su mejilla—. ¿Me queréis de verdad? —insistió apartando la sopa y mirando al suelo.

—Cla... claro que te queremos, Chloe, eres nuestra pequeña —le contestó él, cogiendo bajo la mesa la mano de su mujer. Confiaba en ella, todos estos años lo había hecho.

—¡Mientes! —le gritó—. ¡Mientes! ¿Cómo podríais quererme? —dijo mientras apartaba su silla de la mesa y se levantaba. Chloe miró a sus padres y, mientras las lagrimas empezaban a caer por sus mejillas, sacó unas tijeras de su bolsillo derecho. Roger se echó a llorar de impotencia. Acostumbrado a que su mujer tuviera el control siempre, esa situación le estaba superando.

—¿Mamá? ¿Tu no vas a decir nada? —le preguntó su hija. Tilda se mantenía fría, rígida, más cerca de la indiferencia que de la consternación. Se había limitado simplemente a observar lo que estaba ocurriendo.

—Mamá, mamá, ¿por qué me llamo Chloe? —le preguntó nerviosa. Tilda, al oír la pregunta, miró a su marido, pero a Roger no le salían las palabras y le devolvió una mirada llena de miedo.

—Porque era el nombre de tu abuela —contestó fríamente. Chloe sacó unas tijeras del bolsillo, se cortó la larga coleta y empezó a llorar. Sabía que aquello molestaría mucho a su madre, sabía todas las horas que su madre había pasado cuidando su cabello y lo que significaba para ella. Por primera

vez en la vida de Tilda, alguien le plantaba cara. El señor Golden se temía lo peor.

—¡Mientes! Mamá, ¿por qué me llamo Chloe? —volvió a preguntar con tono triste. Se armó de fuerzas y se subió encima de la mesa.

—¿¡Por qué me llamo Chloe si no soy una niña, mamá!? —dijo gritándole y levantándo en el aire el trozo de coleta recién cortado.

—Porque queríamos tener una niña —le contestó su madre levantándose y mirándola fijamente. Tilda había estado engañando a su hija desde que nació. Aquella noche fuera con sus compañeros había sido muy dura. Chloe había descubierto que toda su vida era una mentira, no era una niña como siempre le habían hecho creer.

—¡Soy un niño, mamá! ¡No soy una niña! —le gritó plantándole cara a su madre. Esta reaccionó golpeando en la mesa tan fuerte que Chloe se cayó de la silla y todos los platos salieron volando. El señor Golden empezó a temer lo peor, sabía lo dura que podía ponerse su mujer.

—Ya no se quién soy, mamá —le dijo tirada en el suelo sin dejar de llorar—. Me engañasteis, me pusisteis el nombre que quisisteis, me vestisteis como os dio la gana y me hicisteis creer lo que queríais que creyera. Unos buenos padres no hacen eso. Unos buenos padres quieren a su hijo tal y como es, ¡no puedes cambiar lo que soy! —le dijo.

—¡Tu serás lo que yo diga que eres! —le gritó su madre. La cara indiferente de la señora Golden había desaparecido por completo y había dado paso a la ira. Sus ojos, que siempre habían sido dulces, ahora eran rojos como la sangre. Sus brazos ahora parecían estirarse tanto que su elegante y suave piel estaba dejando paso a sus huesos.

Nadie se había dado cuenta, pero alguien había estado observando toda la situación desde la puerta de la cocina. Un niño en pijama y con la cara ensangrentada permanecía asomado, fascinado por la escena que estaba presenciando.

—Espero que con el tiempo nos perdones —dijo su padre entre lágrimas—. No hemos querido hacerte daño —le dijo—. Es que tu madre...

—Bla, bla, bla... ¡cállate! —le ordenó su mujer lanzándolo contra la pared con una fuerza que Chloe no había visto jamás. El golpe le dejó inconsciente—. Haz el favor de no ser tan cagón, Roger. A veces me avergüenzo de ti —le contestó con cara de asco.

La espalda de Tilda parecía más curvada, y su cara parecía desfigurarse lentamente, como si se estuviera transformando. Las luces del salón empezaron a fallar y Chloe se dio cuenta de que, cuanto más gritaba su madre, más rápido avanzaba la transformación.

—Eres un... un... un monstruo —le dijo mirando a su padre tirado en el suelo.

—¡El único monstruo que hay aquí eres tú, pequeña! Te diré lo que haremos: subirás a tu cuarto, te pondrás ropa limpia y bajarás a tocar el piano para dar la bienvenida a los invitados como te hemos enseñado —le contestó mientras levantaba uno de los cuchillos que no habían caído de la mesa—. Y si no quieres hacerlo..., ¡te mataré! ¡Tú serás lo que yo te diga! ¡Tú harás lo que yo diga!

El pequeño observador, que todavía permanecía escondido tras la puerta, se había dado cuenta de que algo le estaba pasando a la señora Golden, pero como esta le daba la espalda, no podía ver exactamente el qué, así que abrió un poco más la puerta. El sonido de la madera al crujir le delató. Chloe le vio y, antes de que su madre se diera la vuelta, le miró. No tuvo que pronunciar palabras, el pequeño entendió perfectamente lo que sus ojos le querían decir. Era una señal de alarma, un grito en silencio que le decía: «vete, corre, sal de aquí».

Tilda se dio la vuelta y, al ver que alguien había entrado en casa, la vergüenza le invadió y un montón de pensamientos asaltaron su mente: ¿Habían llegado ya los vecinos? ¿Quién les había abierto la puerta? Si algo le daba miedo a Tilda era el qué dirán, y no podía consentir que le vieran en ese estado. Tan pronto como le vio, el pequeño desapareció cerrando de un portazo la puerta de la cocina. Fue tras él, pero cuando la abrió no encontró a nadie, la cocina estaba desierta.

Los copos de nieve pintaban de blanco todas las casas de Windoo Street. Todas, perfectamente decoradas con todo tipo de luces navideñas, como si de una competición se tratara, se iban sucediendo hasta llegar a la mansión de los Golden. Allí, los vecinos se habían reunido, como cada año, para celebrar la Navidad. En el salón, la alegre música del piano inundaba la estancia. Todos reían, bailaban y disfrutaban de las espectaculares galletas que la señora Golden había preparado. La chimenea, que encendieron minuciosamente y con cariño, proporcionaba un cálido abrazo a todos los asistentes.

Todos parecían muy felices.

ESTÁN TODOS MUERTOS

Margareth era huérfana, pero no era como todas las demás. Ella había conocido a su familia, pero había decidido por voluntad propia alejarse de ellos. Dedicó toda su infancia a ayudar a sus padres con el negocio familiar, una pastelería. Su madre le obligaba a cocinar galletas e ir, puerta por puerta, vendiéndolas junto a sus seis hermanas mayores.

Nunca se quedaban mucho tiempo en el mismo pueblo, siempre viajando en la misma vieja caravana. Viajar y trabajar tanto la mantuvo triste durante toda su infancia. Cansada, con apenas quince años se escapó de casa. En ese momento no lo supo ver claro, pero, en cuanto se alejó de ellos y con el paso del tiempo, tuvo claro que sus padres no la querían, ni a ella ni a sus hermanas. Quizás por eso, cuando la gente le preguntaba por su familia, ella siempre contestaba: «Están todos muertos».

Su padre murió en un accidente, y Margareth sabía que su madre debía de ser muy mayor si seguía viva, aunque sospechaba que sus seis hermanas debían de estar todavía en algún lugar. Quizás seguían viajando juntas, quizás heredaron el negocio familiar y seguían cocinando pasteles y bollos por el mundo.

Ella había rehecho su vida, alejada de la gran ciudad, en un pequeño pueblo donde había formado una familia. Su marido regentaba el bar de la Plaza Mayor, y sus dos hijos, de 17 y 22 años, le ayudaban en sus ratos libres. Le gustaba mucho la vida allí. Solo en días como hoy, que tenía que bajar para hacer gestiones en el banco, iba a la capital. Sus calles le parecían frías, oscuras y enrevesadas. Siempre acababa perdida en barrios que apenas conocía, y hoy no iba a ser una excepción.

Era domingo por la tarde, y en la calle de Forcan Bell empezaban a caer los primeros copos de nieve que daban la bienvenida al invierno. Suerte que Margareth había sido precavida e iba abrigada.

—Señora, ¿sabría decirme dónde está el banco central? —preguntó a la única persona que paseaba por la calle, una anciana vestida en camisón que sostenía en alto una camiseta. Parecía desorientada.

Gertrudis, que así se llamaba, venía de estar lavando la ropa en su casa. Al abrir la puerta de su cuarto para recoger unas camisetas, se había encontrado en mitad de una calle que jamás había visto. Allí, una joven le acababa de hacer una pregunta.

—¿Qué dice? —le contestó mientras miraba a ambos lados de la fría carretera.

—El banco, señora, que si sabe si está por aquí el banco —le dijo en tono más elevado, pensando que quizás la pobre mujer tenía problemas de oído.

—No... ¡yo no sé dónde está el estanco! ¿Y usted sabe dónde está mi habitación? —le respondió cabreada, tras notar el tono de condescendencia con el que le hablaba.

—¿Yo? ¿Cómo voy a saber dónde está su cuarto? Señora, ¿se encuentra bien? —dijo Margareth mientras le ponía una mano sobre la espalda con la intención de demostrarle que su intención era la de ayudarla.

—Se me va a quedar la ropa arrugada y luego vendrá Romualdo con sus lloriqueos porque todos se ríen de su ropa —respondió la anciana enfadada.

Margareth no podía dejar a aquella señora allí, además, parecía que estaba empezando a nevar y, con el pobre camisón que llevaba, pronto empezaría a pasar mucho frío.

La cogió de la mano y empezó a caminar calle abajo. De repente, un olor cálido y tierno le sacudió la cabeza, los recuerdos de su infancia volaban en ella buscando la posición exacta en la que ser ordenados por su mente. Paradas en mitad de la calle, vieron a lo lejos una pastelería, debía de ser el único negocio abierto en toda la calle. El olor a bollería recién hecha inundaba todo el lugar.

Debía de ser un lugar calentito, seguro que allí podrían hacerse cargo de la anciana hasta que algún familiar se diera cuenta de su ausencia y saliera a buscarla. Se acercaron a paso ligero y se detuvieron para observar el interior a través de los cristales. Las vitrinas estaban plagadas de bizcochos de nueve sabores, galletas dobles, tartas de mantequilla de cinco pisos, brownies llenos de nueces, croissants con tanto chocolate que parecían estar a punto de explotar, dónuts glaseados tan grandes como la palma de una mano... Pero, lo que le sorprendió a Margareth, fue lo que logró ver más allá de las vitrinas. El mostrador formaba una media circunferencia, y tras él había cuatro ancianas trabajando. Dos de ellas estaban amasando harina, otra se encargaba de cortarla en formas circulares e introducir chocolate dentro de cada una, y la última de llevar las bandejas cargadas de bollería hacia la habitación interior. Abrió la puerta de un tirón y, mientras el móvil de perlas transparentes que colgaba de la puerta seguía sonando, exclamó:

—¡Charlotte! ¿¡Eres tú!? —dijo emocionada, manteniéndose en pie con la ayuda de la puerta que tenía todavía agarrada.

—¿Margareth? ¡Margareth! ¡Por favor, pasa, pasa! ¡No me puedo creer que seas tú! —dijo una de las dependientas que estaba detrás del mostrador. Las demás se quedaron inmóviles, como si hubieran visto un fantasma—. Mírate, estás estupenda. ¡Qué bien te han sentado los años! —gritó mientras abrazaba a su hermana.

—Pero, pero... ¡pensaba que no os volvería a ver jamás! —le contestó. Levantó la cabeza y siguió balbuceando palabras sin sentido—. ¡Louisa! ¡Ruperta! ¡Trufa! No sabía ni si todavía estabais vivas —dijo dirigiéndose a sus otras tres hermanas, que seguidamente dejaron sus quehaceres y se unieron en un gran abrazo familiar.

Ella era la pequeña de las siete hermanas. Por eso y porque desde que se fue no había vuelto a probar un bollo, se había mantenido mucho más en forma de lo que parecían estar las otras seis.

—Podríais haber elegido cualquier otro lugar, y resulta que estábamos apenas a unos kilómetros de distancia —dijo Margareth entusiasmada y con el rostro visiblemente emocionado mientras abría los brazos lo máximo que podía—. ¡Contádmelo todo! ¿Dónde habéis estado? —preguntó intrigada.

Pasaron las horas y las resposteras contaron mil historias sobre lo bien que iba el negocio, lo desafortunadas que eran en amores y lo mucho que se divertían los domingos jugando a las cartas. También estuvieron escucharon atentamente cómo su hermana Margareth les hablaba de su casa en el campo, lo grande y sano que había crecido su hijo y lo poco que le gustaba bajar a la ciudad.

—¡La vieja! —gritó de repente. Salió apresuradamente fuera, donde ya hacía rato que la nieve se había apoderado de la calle y de la anciana. Allí, pegada al cristal, todavía viendo los dulces, sonriendo y como si el frío no le importara nada, estaba Gertrudis.

—¡¿Pero cómo no has entrado?! —le dijo sin perdonarse el despiste que había tenido. La ilusión por reecontrarse con sus hermanas le había hecho olvidarse de la responsabilidad que había asumido.

Una vez dentro, sentó a la anciana en una de las sillas que había para los clientes.

—¿Y la ropa? ¿Qué vamos a hacer? —volvió a insistir la anciana sin perder esa sonrisa que, desde que Margareth la había encontrado, seguía congelada en su rostro.

Las hermanas no tardaron en ofrecerle un tazón de chocolate y algunas galletas. Se quedó tan enamorada del sabor que la hizo olvidarse por completo de aquellos trapos que parecía haber dejado en remojo.

—¡Quiero comida! ¡Traedme comida! —les interrumpió a gritos una voz desde el interior de la trastienda.

—¿Qué ha sido eso? ¿Era mamá? ¡Es mamá! —dijo Margareth. Su cara expresaba sorpresa, pero no encontraríais en ella ni un ápice de alegría—. Pero... ¿qué hace aquí? No... no... no entiendo. ¿Cómo sigue viva? —prosiguió mientras su mirada se posaba buscando respuestas en las caras de perplejidad que iban poniendo sus hermanas.

Charlotte, que era la mayor, cogió las manos temblorosas de su hermana.

—No puede saber que estás aquí, no puede saber que has vuelto —le dijo—. No sabes cómo se puso cuando te fuiste. Es mejor para todos que te marches y no vuelvas —balbuceó con los ojos llorosos.

—Pero ¿qué estás diciendo, hermana? —le contestó—. Te lo pido por favor —insistió Charlotte poniéndose de rodillas y conteniendo las lágrimas.

Sospechando que algo no iba bien, y con la valentía que le

había dado la madurez y el haber estado alejada de su familia, apartó a su hermana y caminó con paso firme hacia la cortina de perlas que llevaba a la sala contigua. Louisa, Ruperta y Trufa salieron corriendo hasta adelantarla y taparle la entrada.

—Pero ¿qué demonios hacéis? ¡QUIERO MI COMIDA! —atronó la voz de nuevo. Esta vez gritó tan fuerte que las mesas temblaron y el móvil que colgaba de la puerta de la entrada cayó rompiéndose en mil pedazos.

—Louisa, deberías entrar tú, eres muda, no te puede pedir explicaciones —le dijo Ruperta a su hermana, que efectivamente no podía hablar. Esta le contestó con una mirada despreocupada. A Louisa nunca le había importado nada la vida, ni las decisiones, ni el futuro. Siempre habían pensado que era tonta.

—¿Que Louisa es muda? ¿DESDE CUÁNDO? —preguntó Margareth acercándose a Louisa.

—¿Ves? ¡Todo ha cambiado mucho! Más de lo que crees. Ya no nos conoces, deberías volver por donde has venido —insistió Ruperta.

—Yo, yo... pensaba que... éramos una familia —le contestó Margareth.

—A la familia no se la abandona como tú hiciste con nosotras —contestó Ruperta con rostro amenazante. Enfadada, agarró a su hermana muda del pelo y la llevó hasta el mostrador. Allí le entregó un par de bandejas y, tras asegurarse de que sus hermanas no estaban dejando pasar a Margareth, la empujó a través de la cortina.

—Esto es de locos, sé perfectamente cómo es mamá, os olvidáis de que yo también he vivido con ella —quiso dejar claro Margareth, que ya había desistido en el intento de atravesar el muro humano que habían formado sus hermanas. Se sentó en una silla y suspiró—. Tenéis que dejar de tenerle miedo, yo me fui para dejar de hacerlo. No podéis vivir toda la vida así.

—¡No sabes de lo que hablas! —le contestó Charlotte—. Para ti fue muy fácil huir de los problemas.

—¿Que no sé de lo que hablo dices? ¿Acaso yo no he visto a nuestra madre matando a los gatos del callejón para hacer galletas con ellos? ¿Acaso no he tenido que comerme yo también todas las que no conseguíamos vender? —le contestó levantándose de la silla indignada.

—Pero mamá cambió mucho cuando murió papá..., empezó a comer demasiado —le replicó su hermana con voz tímida, como si el recuerdo de aquel tiempo todavía le erizara la piel.

—Pero ¿qué me estás contando? Si no he conocido en mi vida nadie que comiera más de lo que lo hacía mamá —le contestó Margareth mientras señalaba con el dedo los diferentes dulces del mostrador.

—Pues... ahora come más —añadió Trufa con una voz tan baja que apenas pudieron entenderla.

—¿Más? Eso es imposible —exclamó Margareth—. ¡Quiero verla!

—No puedes —dijo Ruperta.

—¿Pero por qué? —le contestó.

—Charlotte, cuéntaselo tú, que eres la mayor —le pidió Ruperta a su hermana.

—Mamá... mamá no podía aceptar la muerte de papá. No quiso ni enterrar su cuerpo. El día después de su muerte, vendimos la caravana y nos mudamos a este edificio; decidimos quedarnos aquí hasta que se encontrara mejor. Durante semanas tuvo su cuerpo en la cama junto a ella. Nosotras intentamos entender qué le pasaba, pero no se dejaba ayudar. Mientras nosotras montábamos el negocio en la planta baja, ella se pasaba los días tumbada a su lado, llorándole... —le explicó con pena Charlotte.

—Notamos que ya no comía como antes, que apenas probaba los platos que preparábamos. Un día, Louisa subió a avisarla de que la comida estaba lista, y bueno..., no sabemos qué vio en su cuarto, pero la escuchamos gritar tanto que creímos que se le gastó la voz. Desde aquel día no ha vuelto a hablar.

Margareth no conseguía procesar toda la información que estaba recibiendo, le costaba horrores asimilar el mero hecho de haberse reencontrado con ellas, como para conseguir comprender los terribles acontecimientos que las hermanas le estaban relatando.

—Y de repente un día empezó a salir del cuarto y a comer de nuevo. Pero más, mucho más de lo que jamás había hecho. Nos obliga a prepararle pasteles, bollos e infinidad de dulces día y noche, pero, por mucho que trabajamos, jamás se siente saciada —concluyó Charlotte con la historia.

No podía creer que sus hermanas hubieran tenido que cargar con semejante obligación. Estaban tan centradas en la conversación que nadie se dio cuenta de que la anciana, siguiendo el dulce olor del chocolate, se había colado en la trastienda.

—¡Gertrudis! ¿¡A dónde vas!? —le gritó Margareth mientras salía en su búsqueda.

Lo que se encontró allí dentro marcó su mente para siempre. Su madre, anciana y del tamaño de una ballena, descansaba sobre una montaña de cojines boca abajo, de espaldas a la puerta de entrada. Sobre ella, un horno de pie-

dra se sostenía colgando del techo con una estructura metálica.

—¿Quién ha entrado? Charlotte, ¿eres tú? —preguntó la gigantesca y anciana madre. Pegada a uno de sus brazos, Gertrudis lamía unos restos de chocolate que había encontrado.

—No, no soy Charlotte —respondió Margareth intentando parecer segura de sí misma.

—¿Quién eres? Ven aquí para que te pueda ver... —le contestó. El exagerado sobrepeso en el que se encontraba le impedía voltearse y ver la puerta que llevaba a la tienda.

Mientras el resto de hermanas irrumpía en la trastienda para ver la escena, Margareth atravesó la enorme habitación y se colocó frente a ella para que pudiera verla.

Su madre intentaba mirar hacia atrás, pero le resultaba imposible moverse. Sin dejar de observar en lo que se había convertido, Margareth cogió de la mano a la anciana y se puso delante de su madre para poder verle el rostro al monstruo en el que se había convertido. Su cara era descomunal, enorme, como la de un gigante.

—Tu cara me suena..., ¿me has traído algo de comer? —le dijo mamá mientras la olisqueaba en la distancia.

—Soy tu hija Margareth —le contestó.

—¡Mira a quién tenemos aquí! Pero si ha vuelto el patito feo. ¿Y quién es esa vieja que viene contigo? —dijo entre risas.

—¡La ropa! ¡Romualdo se va a enfadar de verdad! ¡Ay! ¡La ropa! —les interrumpió Gertrudis, perdiendo por primera vez su sonrisa.

—¡Qué loca la vieja! — gritó la madre mientras extendía el brazo, la cogía del camisón y la llevaba en volandas hacia uno de los rincones de la estancia.

En ese momento Margareth se percató de la presencia de Louisa, que, subida encima de una larga escalera, estaba colocando varios trozos de leña en el interior del horno. Después, encendió unas hierbas secas y las colocó debajo de las dos bandejas. Tan pronto como mamá escuchó el ruido del horno cerrado, empezó a empujar fuerte, con todas sus fuerzas, hasta que desprendió por el trasero el mayor de los gases, consiguiendo así avivar las brasas.

—Mmm..., qué dulce olor, ¡pronto estaréis conmigo, pequeñitos! —dijo mamá refiriéndose a los bollos que se estaban cocinando dentro del horno. Volvió a expulsar otro nuevo soplo de gases, que esta vez casi provocaron un accidente.

—¡Te has convertido en un monstruo! —le gritó Margareth entre lágrimas mientras miraba a sus cuatro hermanas. Hasta ese momento no le había dado importancia, pero en cuanto las vio juntas e incompletas preguntó—: ¿Dónde están Marie y Noitela?

Estaba tan impactada que no se había percatado hasta ese momento de la ausencia de dos de sus seis hermanas. A su lado, obstruyéndole la huida por la puerta, Ruperta lloraba a mares mientras abrazaba al resto de sus hermanas. Hundidas por la rabia y la impotencia acumulada durante tantos años, las emocionaba el coraje y la valentía con que Margareth se enfrentaba a su madre.

—¡Se las comió! —gritó—. ¡Tenía tanta hambre que se las comió! ¡Igual que hizo con papá! Se lo comió porque no pudo superar su pérdida, prefirió tenerlo dentro a dejarlo ir. Eso es lo que vio Louisa, ¿verdad, mamá? ¡Eso es lo que le asustó tanto que le hizo no poder volver a hablar! ¡Contesta! —dijo Ruperta enfrentándose por primera vez a su madre.

—¡Y como no te calles, tú serás la siguiente! —le contestó su madre riendo estruendosamente mientras golpeaba el suelo con uno de sus enormes brazos. La habitación tembló.

—¡Estoy cansada de esto, mamá, cansada de escondernos, de llorar, de guardar tus horribles secretos! —le gritó enfadada mientras se colocaba frente a ella y cogía la mano de su hermana perdida, en busca de fuerzas.

La madre no paraba de reír. Se estaba divirtiendo más que nunca, disfrutaba haciendo sufrir a sus hijas; lo había hecho durante toda la vida.

—¿Por qué nos haces esto? ¿Por qué no nos dejas vivir nuestra vida? —preguntó liberándose de una de las preguntas que más noches la había mantenido en vela, antes y después de su huida.

—Porque tengo hambre —le contestó mientras acercaba la cabeza, que difícilmente podía mover, y la miraba fijamente con ojos amenazantes. Ruperta estaba más firme de lo que había estado nunca. Jamás habría pensado que fuera capaz de plantarle cara así.

Cuando quiso darse cuenta, ya estaba descendiendo por la garganta de su madre ante la horrorizada mirada de sus hermanas.

Gertrudis, que había vuelto a su estado de felicidad perpetua, se levantó apoyándose en el pomo de una puerta que tenía al lado. La abrió y vio en su interior lo que parecía una lujosa casa acomodada, mimada al milímetro para que cualquiera se sintiera a gusto. Entró para toparse con un largo pasillo. Allí tampoco estaba la ropa.

TODOS SE QUIEREN MORIR

Si las montañas hubieran sido de cartón, no habrían aguantado el vendaval que azotaba el valle los días de invierno. Las praderas, a punto de nevada, dibujaban un círculo alrededor del pueblo que, ajeno a los males del exterior, se sentía seguro entre aquellas tres montañas. Allí, con poco se era feliz; sus hortalizas, legumbres, árboles frutales, rebaños y pastos eran suficiente para quien ansiaba algo de paz.

A unas horas de distancia, más allá de las montañas y los bosques, la gran ciudad se erguía imponente. Los verdes, azules y amarillos dejaban paso a toda clase de grises; era como si los edificios fueran inmunes a la explosión de color de la naturaleza a su alrededor.

En una de las muchas casas que había en la calle principal del pueblo, vivía Lucía. Desde que se había mudado al pueblo, había sido protagonista de todo tipo de chismes: algunos creían que su marido la trajo, tan pronto supo que estaba embarazada, para luego abandonarla aquí; otros decían que siempre andaba de fiesta y que dejaba a su hijo solo por las noches; había quién incluso la acusaba de regentar los peores negocios que había en los alrededores del pueblo. Tenía la casa decorada con artilugios de lo más extraños. La casa entera estaba repleta de rarezas místicas de todo tipo. Lucía era una defensora de todo lo paranormal y extrasensorial. La vida no había sido fácil para ella, pensar en que no todo dependía de ella la relajaba.

Pero lo cierto era que, a pesar de ser una figura atípica en un pueblo tan tradicional, a pesar de los rumores, habían llegado a tratarla como una vecina más, e incluso, con el tiempo, le habían cogido cariño. Más aún cuando su hijo enfermó. Su mal era tan extraño como cualquier rumor que hubiera rodeado a la familia. Los médicos no supieron decirle qué le había pasado. Lo habían llevado a la ciudad, a uno de esos hospitales altos, fríos, donde todas las habitaciones son iguales, como si todos los pacientes y sus dolencias fueran las mismas. Con la esperanza de llegar un día y ver que su pequeño había despertado, todas las mañanas Lucía se deshacía de la ropa sucia con la que llegaba de trabajar y, tras una ducha rápida, cogía el primer autobús que llevaba a la ciudad.

Ensimismada en sus pensamientos, Lucía no reparaba en nada más durante el viaje; en su mente solo tenía espacio para la esperanza. Deseaba llegar y encontrarse a su pequeño despierto, sentado en la camilla esperándola. Solo un pensamiento la atormentaba, jamás le había contado la verdad sobre su padre y, si no despertaba, ese iba a ser un duro peso que no sabía si iba a poder soportar.

Estaba tan perdida en sus pensamientos que esa mañana no se dio cuenta del joven que no podía dejar de mirarla. Hasta que no bajó del autobús no le vio observándola a través del cristal. Sus ojos le sonreían y, por primera vez en semanas, un sentimiento cálido y reconfortante invadió su corazón. El autobús reemprendió su marcha y algo dentro de ella se quedó con las ganas de haberle devuelto la sonrisa.

Tras atravesar un par de manzanas a paso ligero, Lucía bajó los peldaños que llevaban al andén y, con una agilidad más propia de un chico de quince años, consiguió colarse dentro del vagón antes de que se cerrasen las puertas. Tras ella, un hombre mayor se había dado con ellas en las narices y, en vez de resignarse a esperar al siguiente tren, se dedicó a propinarle varios golpes mientras se ponía en marcha. Lucía nunca había entendido a las personas, sobre todo a aquellas que hacían cosas tan estúpidas que acababan poniendo en peligro su vida, parecía que las atraía.

Un extraño olor la invadió de repente. Miró a su alrededor y apenas se encontró con tres personas. Extrañada por la poca gente que aquel día había decidido hacer uso del tren, las observó intentando adivinar de cuál de ellas provenía aquella peste fétida que no la dejaba respirar. Se tapó la cara con las manos y se sentó en el asiento libre que encontró más alejado. Sus dudas pronto quedaron resueltas, cuando un hombre se cayó de su asiento y quedó tendido en el suelo. Escondida dentro de su chaqueta, una botella de alcohol empezó a rodar manchando todo el suelo del vagón. «Otro loco que no valora su vida —pensó—. Otro como el loco del andén». El resto de pasajeros se miraron entre ellos con condescendencia, como si el misterio en el que todos habían estado pensando hubiera quedado resuelto de repente. El olor a vino se fue haciendo cada vez más presente hasta volverse casi inaguantable. El tren volvió a parar y, ante la atónita mirada de dos jóvenes que intentaban entrar, Lucía y los otros dos pasajeros bajaron para pasarse al siguiente vagón.

Abrieron las puertas y se sorprendieron al encontrar un vagón comedor. Estos vagones no eran típicos en trenes de tan corta distancia, pero aun así Lucía lo agradeció. El resto del viaje se le pasó rápido. El café le hizo espabilarse un poco más; las pocas horas para dormir que le dejaban sus dos trabajos le estaban empezando a pasar factura. Tres paradas después, el tren dejó a Lucía a las puertas del Hospital Nueva Esperanza.

Dudó si entrar o no, ya que dentro no parecía haber nadie. El mostrador estaba desierto y las puertas del ascensor, a menudo abarrotadas de gente esperándolo, estaban totalmente despejadas. Giró el pomo de la puerta del hospital y, tan pronto puso un pie en el interior, una voz llamó su atención.

—Señorita, por favor, venga aquí —le dijo alguien sin que Lucía supiera muy bien desde dónde—. ¿Es que no ha visto el cartel? Hemos cerrado esta entrada por obras, debería haber entrado por la puerta norte —le explicó. Detrás del mostrador vio que le hablaba, sin despegar la mirada del último número de la revista *Science Today,* uno de los guardas que se encargaba de velar por la seguridad del lugar.

—No tenía ni idea, he venido con prisa y no me he dado cuenta —se disculpó ella, dirigiéndose de nuevo hacia la salida. El hombre se sentó de nuevo, sin despegar su mirada de aquel interesantísimo artículo. Ella, aprovechando la poca atención que le prestaba, se desvió antes de llegar a la puerta de salida y se coló en uno de los ascensores que llevaban a las plantas superiores. Escuchó cómo el guarda arrojaba la revista y pegaba un salto por encima del mostrador para dirigirse hacia ella, con tal mala pata que se tropezó con un borde. Las puertas al cerrarse le dieron el tiempo justo para verle golpeándose contra el suelo. «Otro loco que no valora su vida», volvió a pensar. Si un día cualquiera, con las dos entradas abiertas, se hacía insoportable la espera para coger el ascensor, no quería imaginarse cómo debía estar hoy la otra entrada con solo la mitad de los ascensores operativos.

Las puertas del ascensor se abrieron y la oscuridad de un pasillo infinito apareció ante ella. Comprobó el indicador lumínico del ascensor por si se había equivocado de piso, y se sorprendió al darse cuenta de que no.

—¿Hola? —dijo recibiendo como respuesta su propio eco. Apenas podía ver más allá de sus pasos cuando alguien le cogió la mano y tiró de ella. Las luces se encendieron de repente y pudo verle la cara. Su mirada jóven le recordó por un momento al chico del autobús, pero, a diferencia de aquella, esta no desprendía cariño. Estaba muy enojado.

—Me ha avisado mi compañero de abajo: usted no debería haber subido por este ascensor. Está en obras toda el ala sur del hospital, no solo la entrada —le explicó mientras se la llevaba de la mano hacia el final del pasillo. Cruzaron muchas puertas hasta que llegaron a la que conducía a la parte norte del hospital. Una vez allí, se despidió de ella y le pidió por favor que no volviera a desobedecerles. Lucía atravesó el cordel de seguridad que cerraba el paso de la puerta y, con el guardia de seguridad todavía mirándola desde la distancia, cruzó el dintel.

—¡Bu! —espetó un payaso con las manos en alto, consiguiendo que Lucía soltara un grito—. Perdona, no quería asustarte —dijo mientras se reía—. He visto la puerta moverse y he pensado que eras Nil, el pequeño que se ha escapado.

—¿Y tú quién eres? —le preguntó ella, todavía recuperando el aliento.

—Ah, nada, solo soy un payaso que está entreteniendo a los peques. ¡Es Carnaval! —le dijo señalando el pasillo decorado con serpentinas y colores—. En esta planta hay muchos niños que necesitan sonreír, hoy más que nunca.

Lucía recordó de nuevo el motivo por el que estaba allí: su hijo. Se despidió del payaso y salió corriendo hacia la habitación 303. Cerró la puerta tras de sí y dejó colgado de la misma su abrigo mientras empezaba a hablarle. Tenía el hábito de hacerlo, sabía que él no podía contestarle, pero creía que de alguna forma la estaba escuchando, y, quizás, sentirse acompañado podía hacer que mejorara más rápido. Jamás habría imaginado lo que vería al darse la vuelta.

Ante ella se erguía el interior de una catedral inmensa, de techos altísimos, donde vidrieras enormes se levantaban a ambos lados dejando pasar los rayos de luz de la mañana. A diferencia de otras que había visto en su vida, era un edificio circular. Los bancos formaban circunferencias, yendo de más pequeños a más grandes. En el centro, donde cabría esperar un altar, se encontraba una alfombra también redonda y una cama totalmente deshecha. Sobre ella, una almohada enorme parecía brillar.

—¿QUÉ? —gritó. Obeservó el suelo a su alrededor: se encontraba rodeada de cadáveres putrefactos—. ¿Qué hago yo aquí? Estaba hace un momento en el hospital, y de golpe... ¿Por qué a mí? ¡Oh, Dios mío! ¿Estoy muerta? ¡Pero si yo no quiero morir! ¡Con la de gente que hay en el mundo que se te pone a huevo, Señor! ¿¡Por qué me llevas a mí!? —siguió gritando mientras se tambaleaba de un lado a otro intentando no pisar ningún hueso.

Se acercó a la cama atravesando el único pasillo que conectaba el espacio interior con el resto de la catedral y, una vez allí, posando los pies sobre la alfombra, dirigió su mirada hacia la bóveda enorme que tenía sobre ella. Como si de un atrapasueños gigante se tratara, de ella colgaban adornos de todo tipo: trapos de colores, piedras, e incluso le pareció ver cristales en los que se reflejaba la tenue luz que entraba por las vidrieras y que iluminaba el centro del recinto.

—Es bonita, ¿no te parece? —dijo una voz detrás de ella. Se dio la vuelta y se topó con la silueta de alguien que caminaba entre las sombras hacia donde estaba ella. Por un momento su silueta le hizo pensar que era su marido, pero en cuanto se acercó a ella un poco más reconoció la cara pintada de un payaso. No se parecía demasiado al que se había encontrado en el hospital. Este tenía un sombrero que parecía hecho de galleta, como si fuera un cono de helado, y tenía las cejas recubiertas de pequeños dulces de todos los colores. Sus adornos infantiles contrastaban notablemente con la mueca horripilante que se dibujaba en su cara.

¿Qué es este lugar? ¿Cómo he llegado aquí? Ay, Dios mío, que va a ser verdad..., ¡que no me noto el pulso! Seguro que me he tenido que resbalar al abrir la puerta, ya les dije yo que hay que fregar el suelo con menos agua, ¡PERO NADIE ME ESCUCHA EN ESE MALDITO HOSPITAL! —dijo mientras al extraño caminaba en silencio hacia ella. El sonido del crujir de los craneos al pasar se perdía con los llantos de Lucía, que contemplaba horrorizada cómo aquella horrible sonrisa estaba cada vez más cerca.

—No estás muerta —le dijo. Aquellas palabras se repitieron dentro de la cabeza de Lucía como si de un mantra se tratara.

—Pero... ¿y las habitaciones? ¿Y el hospital? —le preguntó mientras observaba su alrededor. La luz que entraba por las vidrieras de la bóveda dejaba ver bien dónde estaban, pero, más allá de la cama, los bancos y los esqueletos que recubrían el suelo, todo era oscuridad. Solo el tamaño y forma de la bóveda ayudaba a que Lucía se pudiera imaginar cómo era aquel lugar de grande.

—Llegas justo a tiempo para ver el ensayo, seguro que puedes ayudarme con él —le dijo mientras agarraba a Lucía del brazo y la sentaba en uno de los bancos. Se subió sobre la cama, se retiró el sombrero y sacó de él una vieja cuerda adornada con hilos de todos los colores. Aunque el descosido dejaba claro que había sido usada muchas veces, los colores se mantenían vivos.

—Damas y caballeros, ¡bienvenidos! —dijo gritando y riendo a un público imaginario mientras saltaba exaltado sobre la cama. Los muelles viejos no paraban de sonar, y el payaso cada vez saltaba con más fuerza. Tanto fue así, que uno de los impulsos le catapultó con tanta fuerza que salió disparado hacia lo más alto de la bóveda, quedando incrustada su cabeza en una puerta curvada que la coronaba. Estaba pegada al techo y parecía imposible acceder a ella de ninguna forma. Lucía no la había visto hasta ese momento, pero por mucho que pensaba no lograba encontrarle ninguna utilidad. Las carcajadas del payaso seguían. Había quedado colgado y estaba sangrando, pero, lejos de sentir dolor, aquello parecía divertirle. La cuerda se desenvolvió cayendo desde lo más alto de la bóveda hasta los pies de la cama, como si hubiera quedado atada al techo y se hubiera convertido en una escalera improvisada.

Las gotas de sangre empezaban a caer y manchaban las sábanas. Sentada e hipnotizada por la risa que inundaba la estancia, dirigió su mirada hacia el techo donde se encontraba al payaso.

—¡¿Pero por qué la gente se quiere morir?! —gritó histérica. Volvió de nuevo la cabeza hacia la mancha de sangre, que ahora era más grande, y vio, entre uno de los pliegues de la sábana, un papel. Lo recogió y encontró en él un dibujo: un tomate.

Como si el payaso hubiera notado que algo estaba ocurriendo, se dejó caer sobre la colcha. Lucía se asustó y, por primera vez desde que había llegado allí, se calló.

—¿Qué tenemos aquí? —le preguntó el payaso quitándole el papel—. Parece que tenemos una ladrona —prosiguió, mirando el dibujo—. ¿De dónde lo has sacado? —le preguntó en un tono mucho más serio y amenazante.

—Estaba entre las sábanas —dijo asustada. El payaso bajó de la cama de un salto y se puso delante de Lucía, que estaba empezando a temblar. Le tiró el papel a la cara.

—Entonces, dime..., ¿te ha gustado mi nuevo número? —le preguntó. Ella no sabía si verla temblar le había ablandado o si es que simplemente tenía interés por la respuesta.

—Quizás pueda asustar a los niños verte reír sin cabeza —dijo intentando mantener una conversación—. A lo mejor si tuvieras la puerta abierta y no te golpearas, se reirían.

—¿Y para qué iba a querer hacer reír a los niños? —le preguntó golpeándose la cabeza sorprendido. Se volvió a sentar sobre la cama y pegó un buen estirón de la cuerda, que todavía colgaba de la puerta. Esta se abrió de repente y Lucía se inclinó para ver a dónde conducía. Un trozo de moqueta se descolgó al instante desde el techo y el payaso dirigió la mirada hacia la mujer.

—Ahora te toca a ti —le dijo sonriendo—. Tienes que probar tu número —continuó, inclinándose sobre ella y señalando la cuerda que colgaba del techo.

—¿Qué quieres que haga? —preguntó ella—. Yo no sé ningún truco —le dijo.

—Hay uno que todos sabemos hacer... —concluyó el payaso sonriendo—. ¡Anda, sube! —le dijo agarrandole de la mano y obligándola a sujetar la cuerda. Los hilos de colores se empezaron a desatar para ir rodeando su brazo. Como si tirasen de ella, la elevaron y en unos segundos ya había atravesado la puerta. Desde allí, con los pies sobre la moqueta y como si la gravedad no existiera, veía al payaso saltar de alegría en la cama—. ¡Ahora salta! —escuchó que le decía mientras estiraba de la cuerda, que todavía seguía atada a las manos de Lucía y que la empujaba hacia la caída. La cama no parecía suficiente para amortiguar el golpe—. ¡La muerte es el mejor espectáculo de todos! —repetía el payaso.

Intentó empujar la puerta, que todavía tenía el agujero que le había dejado el golpe del payaso, pero no conseguía cerrarla.

Estiró, intentando evitar caer, hasta alcanzar el final del largo pasillo que se extendía ante ella; la cuerda tensada parecía no ceder. Por suerte, alguien la cortó de repente y cayó víctima de su propia fuerza.

—¡Más te vale que hayas secado la ropa! —dijo una voz a lo lejos.

HOTEL NEVERMORE

Nadie sabe cuándo abrió por primera vez, pero por algún lado deben de estar guardados los recuerdos de aquel día. El Hotel Nevermore, situado en lo alto de un acantilado que bordeaba una pequeña playa del mediterráneo, habría sido el lugar ideal para descansar unos días, alejado del ritmo frenético de la ciudad. Por suerte, la inmensidad de un bosque cercano había mantenido el lugar alejado de la indiscriminada mirada de las manadas de turistas. Aunque, de haber encontrado el lugar, se habrían topado con un pequeño contratiempo: el hotel no admitía reservas. y menos aún por parte de adultos.

Ninguno de sus huéspedes había tenido jamás más de catorce años, y, aunque pueda parecer extraño, ninguno recordaba haber estado allí. Quizás por eso el señor Agosto se sorprendió al encontrarse deambulando en mitad de uno de los pasillos a un joven en bata acompañado de una señora en camisón.

—¡Me pueden matar ahora mismo! —gritó mientras dejaba caer el montón de papeles que cargaba—. ¿De dónde han salido ustedes? ¿Qué hacen aquí? —preguntó sorprendido. Llevaba un uniforme de color oscuro, lleno de botones dorados por todos lados, incluso en lugares donde dudosamente podrían tener alguna utilidad. Los extraños se detuvieron, se miraron entre sí y no supieron qué responder—. ¡Hagan el favor de contestar! —Se le notaba cada vez más nervioso.

—¿Es este señor su marido? —le preguntó el joven a la anciana. Ella le olisqueo de lejos y negó con la cabeza. Agosto ignoró la ofensa, controló su respiración y, haciendo acopio de una falsa tranquilidad, pensó en cuál sería la mejor forma de arreglar aquel descontrol. ¿Y si el director los encontraba allí? Aterrorizado por las consecuencias que podía tener aquello, abrió la puerta de una de las habitaciones cercanas.

—Vengan conmigo —dijo sosteniendo la puerta. Miró a ambos lados para asegurarse que nadie los había visto y la cerró tras de sí. Las paredes de la estancia eran muy altas, tanto que Bruno parecía no alcanzar a ver el techo. Todas las paredes, plagadas de estanterías, se encontraban llenas de libros. En el centro, cerca de una chimenea que permanecía encendida, se encontraban varios sofás que no tardaron en ocupar.

—¿Saben cuánta gente hay despierta en este hotel? —les preguntó Agosto—. ¡Solo los que trabajamos en él! —dijo exaltado. Respiró hondo, tranquilizándose y tratando de contener los nervios—. Antes de ayudaros, necesito que me contéis cómo habéis llegado hasta aquí, quién os ha dejado entrar. Luego, prometo que haré lo posible para que volváis a casa —concluyó mientras se secaba el sudor de la frente.

Durante los siguientes minutos se dedicó a escuchar atentamente el extraño relato de Bruno; así se llamaba el joven que, antes de toparse en el pasillo con la anciana Gertrudis, había padecido las torturas de un excéntrico doctor.

—Usted entró por la puerta de su trabajo y, en vez de encontrarse con la fábrica de bolígrafos en la que trabaja, se topó con una consulta médica. Allí conoció al doctor Surdo, que quería cortarle los dedos del pie. Se asustó e intentó escapar. Al volver a cruzar la puerta de entrada, acabó en los pasillos de este hotel, ¿correcto? —dijo Agosto asegurándose de que lo había entendido todo bien. Bruno asintió—. ¿Y usted, señora? —le preguntó a Gertrudis. La anciana le contestó con una sonrisa, como si no se hubiera enterado de nada y quisiera resultar amable.

—Bueno... Pues parece que algo grave está ocurriendo aquí, y me preocupa que pueda haber por el hotel más huéspedes como ustedes. Como se entere Moka... —dijo Agosto mientras, intranquilo, se movía de un lado a otro de la estancia.

—¿¡Qué demonios está ocurriendo en mi hotel!? —les interrumpió una voz que resonó por toda la estancia. Un hombre vestido de traje con un gato envuelto en la cabeza se dirigía hacia ellos. El animal, a juzgar por sus continuos bostezos, parecía estar echándose una de las mejores siestas de su vida. Llevaba cogido de la mano a un niño pequeño en pijama que parecía herido, llevaba la muñeca vendada. Agosto se volvió hacia él llevándose las manos a la cabeza.

—¡Buenos días, señor! Caballeros, les presento a nuestro director, el ilustrísimo señor Moka —dijo mientras se arrodillaba. Sus zapatos resonaban en la estancia mientras se dirigía hacia ellos, y el pequeño, a quien le costaba seguir sus pasos, se esforzaba sin soltarle la mano para no quedarse atrás.

—Señor, estos huéspedes han acabado por error en nuestro hotel. Algo ha tenido que ocurrir para que en el mundo real se hayan abierto puertas a algunas de nuestras habitaciones del ala oeste —le explicó intentando parecer sereno.

—Gracias por la aclaración, Agosto, pero ya me he dado cuenta de que algo ocurría —dijo dirigiendo su mirada hacia el pequeño—. Me he encontrado al pequeño Pol abriendo puertas indiscriminadamente en uno de los pasillos. ¡Qué locura! Como si no fuera suficiente enfrentarse a una sola, ¡como para visitar varias! No sé cómo ha podido sobrevivir. —El pequeño que le acompañaba estaba visiblemente atormentado, sus piernas todavía temblaban. Bruno se acercó a él y, poniéndose de rodillas, le tapó con una de las mantas que cubrían los sofás. Agradecido, el niño se sentó junto a él y Gertrudis.

—¿Alguno de vosotros ha visto algo raro dentro de las habitaciones que habéis visitado? —preguntó Moka poniéndose junto a Agosto. Los tres se miraron entre ellos, sorprendidos ante la obviedad de la respuesta.

—Lo raro sería haber visto algo normal —dijo irónicamente Bruno, mientras seguía intentando calmar al pequeño. Sentía que él debía tomar la iniciativa, ni la anciana ni el niño parecían estar en condiciones de contestar.

—Me refiero a algo que estuviera fuera de lugar, algo que no perteneciera a la historia en la que estabais, algo que no tuviera sentido —puntualizó Moka mientras se dispuso a servirles una taza de chocolate a todos.

—«Ethan Moore está despierto» —dijo Pol rompiendo su silencio, sin apenas levantar la mirada del suelo—. Eso encontré escrito, pero no lo entendí. —Agosto y Moka tuvieron el mismo pensamiento: ese era el tipo de rarezas que estaban buscando.

—¿Alguno ha encontrado alguna más? —preguntó el director dirigiendo su mirada hacia Bruno, que negó con la cabeza. La anciana volvió a sonreír al ver que le miraba.

—Ese mensaje... Algo está pasando en mi hotel, y me temo que no es nada bueno —dijo el director observando las paredes—. Creo que el Nevermore está intentando decirnos algo —Todos le miraron raro—. Eh..., perdonad, vosotros nos lo habéis contado todo y nosotros no hemos hecho lo propio. Os merecéis una explicación —dijo Moka. Se volvió hacia el fuego, centrando su mirada en las llamas.

—Están ustedes en el Hotel Nevermore. Este es un lugar entre dos mundos, un puente entre el mundo real y el de los sueños. Nuestro trabajo es encerrar en sus habitaciones las pesadillas más oscuras surgidas de la imaginación de los niños —les explicó Moka. A medida que hablaba, sus palabras se convertían en dibujos que se formaban con las llamas, como si de un cuento infantil se tratara—. Eso es lo que encontraréis en las puertas del ala oeste, que es donde nos encontramos ahora: pesadillas. En cambio, las puertas del ala este nos permiten viajar al mundo real, nosotros las usamos para llegar a los cuartos de todos los niños y recoger sus pesadillas, pero pueden conducir a cualquier parte de vuestro mundo. Algo ha tenido que ocurrir para que el hotel os haya sacado de allí y hayáis acabado en algunas de las peores pesadillas que guardamos, y juraría que ese tal Ethan Moore tiene la respuesta —concluyó.

—Debemos averiguar cuántos años tiene —dijo Agosto, recogiendo uno de los libros que había en una estantería cercana. Era el tomo XXII de la *Enciclopedia Mundial de Niños* de aquel año. Tras varios minutos pasando páginas, encontró su respuesta—: ¡Ajá! Tiene menos de catorce años, Lumbre debe saber algo sobre él —dijo mientras todos se levantaban dispuestos a ponerse en marcha.

Salieron de aquella estancia y empezaron a caminar. Atravesaron muchísimas puertas, recorrieron cientos de pasillos, y perdieron la cuenta de la cantidad de escaleras que dejaron atrás hasta que los gritos de una mujer interrumpieron su travesía. Parecía estar en apuros: tenía los brazos atados a una cuerda que la empujaba con fuerza hacia el interior de una de las puertas. La cuerda se resistía a ceder. Moka, que vio lo que ocurría, acarició la cabeza del gato, que todavía dormía. El animal se despertó y, como si supiera lo que su amo esperaba de él, saltó sobre la tensa cuerda y la rompió de un zarpazo. La mujer se cayó de golpe en el suelo y Moka aprovechó para cerrar la puerta mientras la cuerda se perdía en su interior. El gato pegó un salto y volvió a la cabeza de su amo.

—¡Más te vale que hayas secado la ropa! —gritó Gertrudis, que, alejándose del grupo, había reconocido a su asistenta y se acercaba violentamente hacia ella.

—¡Gertrudis! —gritó al verla—. ¿Qué haces tú aquí? ¡AY, DIOS MÍO, QUE SÍ QUE VA A SER VERDAD! ¡NI EN EL INFIERNO VOY A DESHACERME DE TI! —dijo mientras intentaba torpemente ponerse en pie.

Gertrudis no le dejó, se quitó uno de los zapatos que llevaba y empezó a golpearle la cabeza mientras gritaba todo tipo de improperios que no me atrevo a repetir.

—¿Quién se está ocupando de la ropa? ¿QUIÉN? ¡IRRESPONSABLE! —le gritó mientras el resto de sus compañeros intervenían para separarlas. Una vez la situación se tranquilizó, Moka pudo convencer a Lucía de que no estaba muerta. Bruno, sonrojado, le sonrió con complicidad y la ayudó a levantarse. Ella, por segunda vez aquel día, le devolvió la sonrisa.

—¿Te has topado con algún mensaje extraño mientras estabas dentro de ese cuarto? —preguntó Moka interrumpiendo las miradas y señalando la puerta que acababa de cerrar—. Algo que no tuviera sentido o que no hayas sabido entender, como si alguien tratara de comunicarse contigo —insistió. Ella se quedó pensando y recordó rápidamente el dibujo de un tomate que había recogido entre las sábanas. Lo buscó en sus bolsillos y se lo entregó a Moka.

Las plantas, a diferencia de otros hoteles, no estaban numeradas en el Nevermore. Al fin y al cabo, las plantas pueden ser números como pueden ser... plantas. Así que, en cuanto Moka vio el dibujo, se dirigió junto con todos sus invitados al enorme ascensor que servía de columna vertebral del edificio. Se trataba del tronco de un enorme árbol, que crecía desde los cimientos del edificio y atravesaba todas las plantas. A medida que recorrían el pasillo y se acercaban a él, todos pudieron ver cómo un montón de raíces se desprendían de las paredes, entrelazándose con las puertas. Cuanto más cerca del ascensor se encontraba, más plagadas de ellas estaban las paredes. Los alrededores del mismo parecían más un trozo de roble viejo que la pared de un hotel. Las puertas se abrieron y, mientras entraban, se dieron cuenta de que era uno de esos ascensores con accesos a ambos lados.

—Estamos abandonando el ala oeste —les explicó Agosto. Se acercó a una libreta que colgaba del techo y dibujó en ella un tomate. El ascensor arrancó para poco después volver a detenerse. Esta vez no se abrió la puerta por la que habían entrado, sino la opuesta. Todos salieron del mismo y miraron a Moka en busca de respuestas.

—Veamos, ahora necesitaríamos encontrar a Lumbre, ella gestiona todas estas puertas y nos podrá ayudar a encontrar... —dijo Moka dubitativo, observando el largo pasillo lleno de puertas que se extendía ante ellos.

— ...el número de la puerta —dijo Bruno, acabando por él la frase—. Hasta ahora no había pensado que fuera importante, pero... quizás... —El joven sacó del bolsillo, hecho una pelota, el papel que había encontrado dentro de la galleta de la suerte.

—¡Esto es genial! ¡Ya lo tenemos! —dijo Moka.

Bridget y James se acababan de esconder tras la puerta 2206 y, sin prestar atención a Ethan y a Lumbre que les observaban desde la cama, se quedaron ojeando el pasillo a través de la mirilla.

—¡Esto se nos va de las manos! —gritó Lumbre llevándose las manos a la cabeza en pleno ataque de ansiedad— . Yo dimito... ¡Arre!

Los dos jóvenes se volvieron hacia ella y se miraron entre sí sin saber qué responder.

—Shhh... —dijo James mandándoles callar—. ¡Vienen hacia aquí! —les dijo señalando la puerta, que se abrió al instante.

—¡Moka! ¡Estaba a punto de ir a buscarte! —dijo Lumbre levantándose de la cama al verlo entrar—. ¡Yo no puedo con esto! —dijo casi temblando. Tras él, fueron pasando todos los que le acompañaban menos Lucía, que, sin separarse de Gertrudis, se había mantenido en la cola del grupo.

La anciana, que era más lista de lo que parecía, se había hecho un poco la tonta y había aprovechado el camino para contarle todo lo que había escuchado sobre aquel lugar. No con el ánimo de ayudarla, más bien para reírse de ella, intentaba convencerla de nuevo de que estaban muertas. Le encantaba pincharla, siempre lo hacía. Era uno de sus pasatiempos favoritos.

Mientras les alcanzaban, en la habitación, Bridget y James le empezaron a contar a Moka cómo habían llegado hasta allí: su dura aventura en el horrible concierto y en la monstruosa cocina. La historia se repetía como había ocurrido con Bruno, Pol y Lucía, que por fin había logrado alcanzarles y entraba acompañada por Gertrudis en la habitación.

—¡Mamá! —gritó Ethan al ver entrar a su madre por la puerta. Sus ojos no podían creer lo que veía. Sentado en la cama que todos rodeaban estaba su hijo Ethan. No tuvo tiempo de pensar en nada, tan solo salió corriendo hacia él y le abrazó.

—¿Es usted su madre? —le preguntó Lumbre, un poco más calmada al ver que había gente que lo estaba pasando peor que ella—. Su hijo... yo... ¡Moka, me olvidé! ¡Me olvidé de vaciarle la almohada! —dijo deshaciéndose en lágrimas sobre los brazos del director. Él intentó calmarla. Por fin comprendía lo que ocurría.

Moka les pidió a todos que se sentaran donde pudieran. Ethan y su madre seguían abrazados. Agosto se agachó bajo la cama y sacó de allí una vieja silla de madera que ofreció a Gertrudis. Se sentó en el suelo, junto a ella, y Lumbre le acompañó. Pol, un poco más animado, descansaba apoyado sobre el hombre de Bruno mientras él conversaba sobre lo que le había ocurrido con James y Bridget, que se habían sentado junto a él.

El director del Nervermore esperó y, cuando el silencio se apoderó de la estancia, se dispuso a explicar lo ocurrido.

—Como os he contado, las puertas de esta zona del hotel suelen servir como portales a diferentes lugares del mundo real. Lumbre las usa para viajar a los cuartos de los niños. Pero lo cierto es que este cuarto no es el tuyo, ¿verdad? —le preguntó a Ethan, que negó con la cabeza—. Exacto, este cuarto ha sido construido por el Nevermore para protegerte —dijo dirigiendo su mirada a las raíces que se desprendían del techo de la habitación—. El objetivo de nuestra compañera es el de vaciar las almohadas de pesadillas. De no hacerlo, estas se acumularían y las noches de los pequeños se convertirían en un auténtico circo de los horrores. Como Lumbre no hizo bien su trabajo, Ethan estuvo aterrorizado, con miedo a dormir, forzándose a mantenerse despierto hasta que el hotel, temiendo por su vida y sabiendo que algo no estaba funcionando bien, lo indujo en un estado de sueño y lo trajo a esta habitación que creó para él, a la espera de que nos diéramos cuenta del error y lo solucionáramos. Como consecuencia de todo esto, las puertas que llevan a algunas de nuestras pesadillas se abrieron en vuestro mundo —dijo el director poniéndose de pie y acercándose a James. Le quitó el peluche de las manos, entregándoselo a Ethan. Después sacó de su bolsillo los tres papeles que le habían entregado: las tres pistas que les habían guiado hasta allí.

—El hotel había conseguido poner a Ethan a salvo en una habitación donde no podían afectarle sus pesadillas y podía dormir en paz, pero necesitaba comunicarse con nosotros, que éramos los únicos que podíamos poner solución al error de Lumbre. Por eso, aprovechando el caos que se había generado con la llegada de Ethan, Nevermore fue dejando pistas en algunas de las pesadillas, aprovechado vuestra presencia en ellas para que nos las hicierais llegar a nosotros —les explicó.

—¿Y ahora qué hacemos? —preguntó Lucía.

—Tenemos que despertar a Ethan en el mundo real. No puede estar en los dos mundos a la vez; eso es lo que está generando todo este caos de puertas —le contestó—. Si para viajar al mundo de los sueños contamos un cuento de buenas noches, para volver de él tendrás que contarle uno de buenos días —le explicó dirigiéndose a la madre. Ethan agarró fuerte el peluche y tragó saliva.

2206

CUENTO DE BUENOS DÍAS

Todos los visitantes que se habían encontrado en el Nevermore ya estaban de vuelta en sus respectivos hogares. Acompañados por Lumbre, que tenía un enorme libro donde se encontraban clasificadas todas las puertas del ala este, fueron encontrando aquellas que les devolvieron a los lugares de los que habían desaparecido.

Bridget durmió durante horas en su habitación del New Frog. Pol abrazó a sus padres muy fuerte y luego les prometió que no volvería a portarse mal jamás. Bruno, que había llegado tarde a su puesto de trabajo, se pasó la mañana frente a su jefe y, tras una larga conversación, dejó la fábrica. James buscó la casa en la que debía entregar el peluche y se disculpó por haberlo perdido, y no os podéis imaginar la bronca que le soltó Romualdo a Gertrudis por desaparecer y no haberle dejado las camisetas planchadas. Aunque poco le duraron, ya que, días después, una tarde que salió a pasear con sus amigas camino de la estación, volvió a desaparecer.

Mientras, la habitación 2206 del hotel Nevermore se quedaba en penumbra, con la única luz que desprendía la vela que Lumbre había dejado antes de irse. Ethan estaba tumbado en la cama mientras su madre le arropaba. Moka, que estaba cerrando la puerta de la habitación, la llamó y ella se acercó hacia donde estaba.

—No va a ser fácil, Lucía —le dijo mientras posaba su mano sobre ella—. Para enviar la parte de Ethan que se ha despertado en el mundo de los sueños junto a la que hay en el hospital, tendrás que recordarle cómo es su vida allí. Y eso tendrás que contárselo a modo de cuento —le explicó el director.

—Si los cuentos de buenas noches, para llevarnos al mundo de los sueños, nos cuentan fantasías e historias inventadas; los cuentos de buenos días, para devolvernos al mundo real, tienen que contarnos historias reales, por muy duras que sean —dijo Moka. Lucía empezaba a entender hacia dónde quería llegar.

A partir de ahí, Ethan no logró escuchar qué le dijo, pero sus últimas palabras tuvieron que ser muy importantes a juzgar por la reacción de su madre al escucharlas. El director se acercó a él y, tras desearle suerte, salió de la habitación con la intención de dejarles algo de intimidad.

Lucía se tumbó en la cama, junto a su hijo, y, asegurándose de nuevo de que estaba bien tapado, empezó su cuento.

—Había una vez una casa en un pequeño pueblo de montaña. Era vieja, pero el paso del tiempo la había convertido en un lugar acogedor. En ella vivían una madre y su pequeño hijo. El padre desapareció poco después de que el pequeño naciera. Al niño, que siempre estaba en las nubes, le encantaba dibujar e inventar aventuras. Su cuarto, repleto de sus dibujos, se convirtió en su pequeño templo donde se sentía seguro—empezó a relatar Lucía.

—Vivían en un pueblo muy pequeño donde casi todo el mundo se conocía. Con la intención de poder darle una mejor vida a su pequeño, la madre había aceptado varios trabajos que la mantenían fuera de casa casi todo el día. Ella no se dio cuenta al principio, pero su hijo tuvo que aprender a crecer solo. Se esforzó por aprender a hacer todas las cosas de casa, aunque no siempre lo hizo bien —le dijo soltando una pequeña sonrisa—. ¿Recuerdas aquella vez que cocinaste un par de sapos que encontraste en la charca? Yo sabía que lo

habías hecho con buena intención, pero me asusté tanto que... —recordó que tenía que ser todo lo sincera que pudiese ser— te castigué. Tú solo querías ayudarme, no tenías ni cinco años, y te castigué. A veces llegaba a casa tan cansada que acababa pagando contigo mis problemas de fuera —dijo mientras sus ojos se humedecían.

—No te preocupes, mamá; no pasa nada, mamá —le contestó el pequeño devolviéndole una sonrisa. Lucía le acarició el pelo y continuó.

—El pequeño no se rindió y continuó hasta aprender no solo a cocinar, sino a limpiar la ropa, ordenar las facturas, recoger la casa... Ella no supo agradecérselo suficiente. Se sentía culpable por dejarle siempre solo, así que, a veces, para apaciguar su culpa, se lo llevaba con ella a casa de la vecina, donde el pequeño intentaba no molestar demasiado. La señora para la que trabajaba siempre se quejaba de todo, y la presencia del niño no iba a ser menos. Acusaba a su madre de estar malcriando al niño y de no ser lo suficientemente severa con él. Tanto es así que muchas veces la vieja llegó incluso a pegarle. Su madre, por miedo a perder su trabajo, simplemente bajaba la cabeza y la dejaba hacer —continuó. A Lucía le empezaba a costar mirar a los ojos a Ethan y él comenzaba a cerrarlos.

—En el colegio se sentía un bicho raro, y ninguno de sus compañeros le entendía. No solo porque estuviera siempre en las nubes, también porque no sabía cómo relacionarse. Había llegado incluso a pelearse con ellos, y, aunque él jamás se lo contó a su madre, su profesora sí lo hizo. Burlándose de sus dibujos, los niños lo habían amenazado con cortarle los dedos para que no pudiera volver a coger un lápiz jamás —siguió explicando. Ethan ya tenía los ojos cerrados, su madre no sabía si para contener las lágrimas o porque empezaba a dormirse.

—Con la llegada del verano, las clases se acababan, pero no las obligaciones para Ethan, que debía ir, puerta por puerta, vendiendo las galletas que preparaba con la ayuda de su madre para traer algo de dinero a casa. Venderlas le parecía divertido y le ayudaba a entretenerse hasta que volvieran las clases. El problema era cuando, creyendo que su madre no lo sabía, comía tantas galletas que se pasaba toda la noche vomitando. Aunque ella se quedaba junto a él, sabía perfectamente que le mentía cuando decía que no sabía qué podía haberle sentado mal —dijo Lucía. El pequeño, que estaba a punto de dormir, dibujó una pequeña sonrisa al recordar su travesura.

—La madre había aguantado durante años los muchos rumores que circulaban sobre su familia, y, aunque había ignorado el problema, sabía que su hijo también los escuchaba. Cada mañana, al coger el tren que le llevaba al colegio, tenía que soportar los diversos murmullos de las vecinas. Su madre sabía que a él le habría gustado lanzarlas al espacio, esconder sus chismes en lo más oscuro del universo, donde nadie pudiera encontrarlos jamás —continuó su madre.

No hay nada más duro que la sinceridad, nada da más miedo que la verdad: esas eran las palabras que Moka le había dicho antes de dejarles solos, y ahora resonaban más fuerte que nunca en su mente.

—Ethan, nunca debí intentar ocultártelo. A veces los mayores tomamos decisiones difíciles de entender. Papá estaba muy triste. No pudo soportarlo y decidió dejarnos —le dijo mientras de los ojos de Ethan, ya dormido, brotaba una lágrima de perdón.

Mientras, en el hotel, los pasos de un anciano que seguía perdido resonaban por los pasillos.

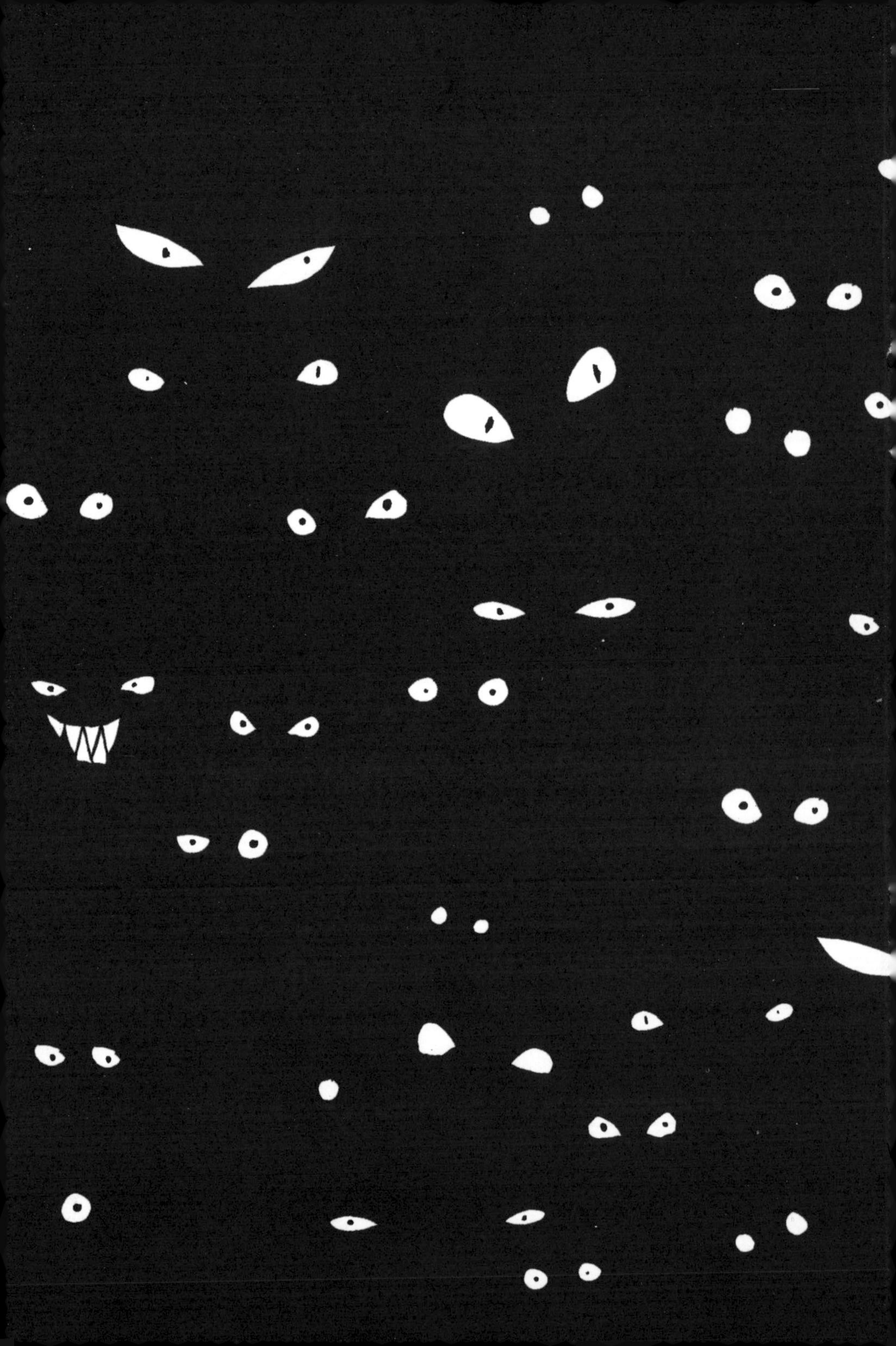